园的忧郁

〔日〕佐藤春夫 ╱ 著

岳远坤 ╱ 译

陕西师范大学出版总社

图书代号：WX18N0874

图书在版编目（CIP）数据

田园的忧郁 /（日）佐藤春夫著；岳远坤译 . — 西安：
陕西师范大学出版总社有限公司，2018.9
　　ISBN 978-7-5695-0103-2

　　Ⅰ . ①田… Ⅱ . ①佐… ②岳… Ⅲ . ①中篇小说 — 小说集 —
日本 — 现代 Ⅳ . ① I313.45

中国版本图书馆 CIP 数据核字（2018）第 138005 号

田园的忧郁
TIANYUAN DE YOUYU

［日］佐藤春夫 著　　岳远坤 译

责任编辑	焦　凌	
特约编辑	陈希颖	
责任校对	王西莹	
装帧设计	尚燕平	
出版发行	陕西师范大学出版总社	
	（西安市长安南路 199 号　邮编 710062）	
网　　址	http://www.snupg.com	
印　　刷	山东临沂新华印刷物流集团有限责任公司	
开　　本	880mm×1240mm　1/32	
印　　张	6.5	
插　　页	4	
字　　数	159 千	
版　　次	2018 年 9 月第 1 版	
印　　次	2018 年 9 月第 1 次印刷	
书　　号	ISBN 978-7-5695-0103-2	
定　　价	42.80 元	

读者购书、书店添货或发现印装有问题，请与营销部联系、调换。
电　话：（029）85307864　85303629　　传　真：（029）85303879

译者序

　　近十多年来，日本文学的译介呈现出混乱无序的"繁荣景象"。就像《田园的忧郁》中盛夏的废园那样"枝繁叶茂"，无论是成人文学还是儿童文学，日本文学的译介充满了勃勃生机。年轻读者的求知欲"赋予"了出版社和译者以"燃烧的激情"，得到"太阳的恩宠"的作家"比其他枝条爬得都要高"，而"照不到阳光"的作家则被忽略遗忘，日渐"萎靡"。在公版领域，沐浴着阳光的作家当属太宰治、谷崎润一郎等人了，而佐藤春夫就是那些"照不到阳光"的作家之一。

　　大约在两年前的同一时期，我接到了太宰治《人间失格》（那时译本一定还不如现在这样多）和谷崎润一郎作品集等一些日本文学翻译的约稿，最后只选择了佐藤春夫的《田园的忧郁》，其中主要一个原因就是佐藤春夫文学和上田秋成有着密切的关系，而上田秋成又是我硕士和博士期间的主要研究对象。上田秋成是日本近世最为著名的小说家之一，他的创作深受中国文学和晚明文艺思潮的影响。近世中期以后，肇始于井原西鹤的现实主义文学"浮世草子"逐渐类型化和庸俗化，难以推陈出新，而从中国白话文学中汲取营养且具有浪漫主义倾向的读本小说开始兴起。上田秋成是国学家，他创作的《雨月物语》以其典雅的文体、丰富的想象和巧妙的叙事将读本小说推向了艺术的顶峰，被称为日本物语文学最后的闪光，同时也影响了近代以后的很多作家，佐藤春夫便是其中之一。谷崎润一郎、芥川龙之介曾与佐藤春夫一起研读上田秋成的文学作品，三人都在不同程度上受到上田秋成文学的影响。

佐藤春夫是日本大正时期的代表作家之一，在大正文学史上与芥川龙之介、谷崎润一郎一样有着重要的地位，也曾经是二十世纪二三十年代中国日本文学译介的"宠儿"，但现在，中国读者听说佐藤春夫，想必也是来自他与开头所提的两位译坛"新宠"之间的文坛逸事了。

第一是他、谷崎润一郎和千代夫人之间的情感纠葛。他的诗歌代表作《殉情诗集》中的部分诗篇描述了这段爱情中的苦闷与相思，如《水边月夜之歌》，而后来他也以这个事件为素材创作了一系列小说。佐藤春夫是个多情之人，少年时懵懵懂懂地爱上邻家的姐姐大前俊子（诗歌《少年时》吟咏的就是这段初恋），后来又喜欢上青踏社的同人尾竹红吉的妹妹尾竹富久美，在爱情失意的苦闷中与演员川路歌子同居并结婚……而最终与他相爱相扶一生的则是谷崎润一郎的前妻千代夫人。谷崎润一郎曾是佐藤春夫的挚友与文坛知己，《田园的忧郁》起初以《病玫瑰》为题发表时，谷崎润一郎就曾作序盛赞佐藤春夫的创作才华，最后两人却因为所谓的"让妻事件"而反目。

而另外一件逸事就是太宰治哀求芥川奖的事件了。佐藤春夫后来致力于发掘与提携文坛新人，因此号称门下弟子三千，同时也一直担任芥川奖的评委，在日本现代文学史上发挥了举足轻重的作用。其中，太宰治也是以其门生自许并在初涉文坛时得到佐藤春夫关照的年轻作家之一，然而在芥川奖的评选中太宰治却屡次落选。因此，他给欣赏自己的佐藤春夫写了几十封信，也因此与不欣赏自己的川端康成唇枪舌剑。

在中日两国的近代文学关系史上，佐藤春夫也是一个不可忽略的作家。因家学渊源的关系，佐藤春夫尊崇并醉心于中国古典文化，从《田园的忧郁》中信手拈来的中文古典诗歌与典故便可以看出其深厚的汉学功底。在给《佐藤春夫集》的译者高明的序言中他将汉语称为自己平素最敬爱的文字，认为汉语是"在世界文明史上和希腊文同是最有光荣的文字"。因为时代的原因，当时很多日本作家都像佐藤春夫一样，有着深厚的汉学功底，但或许再也没有一位作家像佐藤春夫与中国近代文坛（尤其是二十世纪三十年代）那样，积极地与同时代的中国作家进行交流。他与鲁迅、周作人、郁达夫、田汉、徐志摩等人交往密切，并且亲自将当时的许多中国文学作品介绍到日本，还创作了诸如《李太白》《星》等取材于中国古典文学的小说，编译了中国古代诗歌集《车尘集》及一些小说等。他曾致力于鲁迅文学的译介，对后来的日本鲁迅研究产生了深远影响。另一方面，他的文学创作尤其是《田园的忧郁》也引起了中国同时代作家的关注，给二十世纪三十年代的中国文坛带来了广泛影响，尤其是郁达夫的《沉沦》，无论是在思想还是在创作技巧上，都受到了《田园的忧郁》的影响。而当时佐藤春夫的许多作品也都被翻译成了中文。

为下面叙述方便，现以时间为序简单介绍佐藤春夫的生平和作品。

一八九二年，佐藤春夫生于日本和歌山县的一个儒医世家，这是一个典型的传统知识分子家庭。父亲精通儒学汉学，同时也是一位俳句诗人。佐藤春夫是家中的第一个男丁，他出生时，父亲曾高兴地作了一首俳句："举目四望皆春山，哈哈笑开怀。"这也是"春夫"这个名字的由来。

位于和歌山县本州纪伊半岛西南部的小镇新宫，正如《田园的忧郁》中所描写的那样："波涛汹涌的大海和险峻的大山抱在一起扭打撕咬，而人类就在它们的胸口处渺小而又聪明地活着。"从平安时代开始，随着三山（本宫·新宫·那智）信仰与参拜的流行，上至皇族下至一般庶民都来这个地区朝圣。因此这里也流传着很多代代相传的神话和传说，充满神秘色彩。这样的环境培养了他对大自然的敬畏、敏锐的感受力以及丰富的想象力，而家庭环境的熏陶则使他积累了深厚的古典文学功底与素养。

一九一〇年，佐藤春夫进入私立名校庆应义塾大学预科学习，后进入文学部学习法国文学。当时唯美派的重要代表作家永井荷风在文学部任教，佐藤春夫的文学创作受到了他很大影响，又因其与谷崎润一郎的密切关系，在文学史上佐藤春夫往往被划为唯美派。然而实际上他的作品并非仅拘泥于唯美主义的创作方法，很难将其划为文学史上的某一个流派。

在庆应大学文学部学习期间，作家三年两次留级，一九一二年又因陷入对尾竹富久美的爱恋之情中不能自拔而患上轻微的神经衰弱。一九一三年他主动选择退学。如《田园的忧郁》中所说，在"他对那个女人的爱情还没有完全消退时"，另一个女人"便投入他的怀抱"。而这个女人就是当时一家剧院的非著名演员川路歌子（本名远藤幸子）。在爱情的失意中，他经人介绍与川路歌子相识并开始同居、结婚。佐藤曾经带着她、两条狗、一只猫来到神奈川县的乡下，在那里生活了大半年的时间。在此期间，他开始创作小说。本书收录的《西班牙之犬》《田园的忧郁》和《阿绢和他的哥哥》都是以这一时期的生活经历与所见所闻为素材而创作的小说，因此文学史上又将这三部作品称为"田园三部曲"。

佐藤春夫的隐居一方面是出于感情生活的失意和精神的抑郁，另一方面也怀着文学创作的抱负。《田园的忧郁》中引用的歌德的名言

"若为蔷薇（玫瑰）必开花"，以及"这小小的虫子就是我自己！蝉啊，快展翅起飞吧！"都体现了作者并非真的要学陶渊明那样归隐田园做一个隐士，而是想要在这个地方实现文学创作的抱负，想通过这些东西来"卜一下自己"的未来。

经过大半年的田园生活，或许正如小说中的"他"那样，佐藤春夫终究无法忍耐田园生活的孤寂，发现"无论是在乡村，还是在都市，人世间根本没有能让他安心的乐园"，于是逐渐生起了"对都市的乡愁"，回到了东京。回到东京后，他和川路歌子离婚，然后发表了《西班牙犬之家》。这部作品讲述了主人公跟着自己的狗信步神游，误入密林深处，遇到了一个神秘的小屋，在那里看到一条黑色的西班牙犬变成了一个中年男人……作品充满了丰富的想象，被认为给当时自然主义统治下的文坛吹进了一股文艺的新风。

《田园的忧郁》则历来被认为是叙景小说的杰作，除了穿插着一些加入"他一流的想象"的具有传说性质的往事（如老财主的故事）和邻里之间的琐事外，整部小说便几乎没有什么故事情节了。但是这部作品并非以自然主义的手法描述田园风光的作品，作者通过对田园景物由夏入秋的描写，衬托了隐居乡村的"都市青年"的苦闷、彷徨和忧郁，通过景物的变化描述了主人公心理变化，作品中充满了幻想的感性情绪。从这个意义上来说，与自然主义流派的"写生"，与赤裸裸的现实披露完全不同，无论从内容、思想还是手法上都体现着"人工的典雅"，是都市的和现代的，可以说是一部冠以"田园"之名的都市青春文学作品，充满了世纪末的颓废气息与倦怠感，一时受到了年轻人的欢迎。不过，正如三岛由纪夫所说："（大正时代的文学中）那些表面上的颓废，其实正是青春本身，而佐藤春夫在作品中进行的青春的自我表达，已经达到了一种完美的境界。"作品中，无论是对田园风光还是对昆虫、树木、花朵、风雨等自然现象的描写，无不是作者内心的外在投射，可以说，主人公的内心变化其实才是这部小说的主线。因此，从这一点上来说，这部小说也可以说是"心境小说"。

《田园的忧郁》起初以《病蔷薇》为题发表了前半部分，后几易其稿，最终于一九一九年推出定稿，处处体现出推敲的痕迹，这些说明了作者所说的"人工"在艺术创作中的重要性。《田园的忧郁》中，作者这样写道："让这山丘看起来如此富有艺术性和装饰性的，正是大自然中的那一丝人工色彩意外地产生了最显著的效果"。艺术来自现实的升华，而这种升华需要的正是"那一点点人工"，这正是佐藤春夫的艺术理念。自然主义所宣扬的"写生"，即不加入任何主观色彩的描写与叙述是不可能的，这是因为，一方面所有的自然景物都是人类主观的具象（如小说中所写："自然本身或许并没有什么法则，但人们至少能按照自己的喜好从中找出各自的法则。"），"人工"在艺术升华过程中具有非常重要的作用；而另一方面文字本身也具有一种"文艺的因袭"。（篇幅所限不能一一引用，详见小说原文。芥川龙之介的《竹林中》也是以另外一种方式展现了对自然主义文学的抵抗姿态，阐释了叙述的不可靠性。）

《阿绢和她的哥哥》是以《田园的忧郁》中那个"为他们带路的黄头发胖女人"为主人公创作的一部作品。这部作品讲述了主人公阿绢颠沛流离的一生。尤其是故事的最后，阿绢随着技师回舅舅家与舅舅、舅妈团聚的场面，既有几分滑稽，又催人泪下，透露出遗传自俳句诗人父亲特有的戏谑精神。其中，阿绢在颠沛流离的人生中遇到的老婆婆、老翁、被人欺凌的描写和天狗等情节的设置以及故事的展开方式，都让这部作品沾染了一种民间传说式的浓厚的幻想色彩，也可以说是一部具有民间传说性质的悲喜剧。

这三部小说都是根据作者真实经历进行的创作，内容上紧密关联，但形式上却不尽相同，可以说是以三种不同的创作方式——幻想小说、叙景散文诗式的小说、民间传说性质的小说，与芥川龙之介（新思潮派）、谷崎润一郎（唯美派）一起以不同的方式对陷入僵局的自然主义文学进行反抗，是对新的文学样式的成功探索。

《美丽的街市》也是一部充满浓厚的幻想色彩与象征意义的小说，与《田园的忧郁》也有着内在的联系。《田园的忧郁》中以妻子内心独白的方式这样写道："（他）甚至特意买了一块小小的农田""会为不知何时开建的房子画上几十张详细却没有一点实用性的设计图"，而《美丽的街市》可以视为这一部分的细节展开。《美丽的街市》的主人公川崎是一个美国商人（骗子）来到日本后和日本底层女人所生的混血儿。后来在母亲去世后他随着父亲回到美国，而直到父亲去世后他才发现，父亲根本不是什么富翁，因此也没有得到什么遗产。然而他的梦想是在世间建造一片理想的街市，于是他携带仅有的一点点资产回到日本，邀请小时候的好友"我"（E先生）一起实现这个梦想。后来他又通过招聘的方式找到一个鹿鸣馆时代留洋而今却赋闲在家的老建筑师，三人夜夜聚在川崎下榻的酒店，为这个没有任何经济基础（当然这一点起初只有梦想的发起人川崎知晓）的梦想而努力。

这篇小说创作于一九一九年，正是武者小路实笃等白桦派作家倡导建设"新村"实验的第二年。白桦派的作家出身优越，他们乌托邦思想的源头又来自西方，因此作为混血儿的川崎便具有了某种象征意义。而故事的叙事者E先生和老建筑师也都在各自的专业领域深受西洋文化的影响。作者一方面表达了"我"是E先生的艺术的理解者与支持者，自己去看画展时"经常在他的作品前驻足，产生某种艺术上的共鸣"，并认为自己与E先生是"互相通过对方的作品产生心灵共鸣的人"，另一方面又表达了对脱离现实基础的乌托邦建设的忧思。

本书的最后一篇作品是《开窗》。佐藤春夫与川路歌子离婚后，曾经与同一剧院的另一位年轻女演员米谷香代子同居了一段时间。而一九二三年关东大地震后，佐藤春夫曾一度返乡，并于第二年初与经人介绍认识的艺伎小田中民（田汉访问佐藤春夫时接待他的那位夫人）住进弟弟秋雄在西信浓町租的房子里，他以此间的日常琐事为素材创作了《开窗》。其中的 A 应该是他的弟弟秋雄（Akio），T 则是小田中民（Tami）。这篇《开窗》描述了"我"与另外三个年轻人（A、R、T）蜗居都市一隅的所见所闻，邻里之间琐碎的市井生活，最后所附的芭蕉的名句，都让整篇小说显得俳意盎然，妙趣横生。同时对"我"的心理描写与剖析等又呈现出"私小说"的风格。

芥川龙之介说，佐藤春夫在本质上是个诗人。其作品的特色"在于其诗意。读佐藤的作品而不求读诗，犹如欲食南瓜而买蒟蒻者，终究得不到满足。既不得满足，而后又称其非南瓜云云，实在是愚蠢之甚。"且其"诗情最接近世间所说的世纪末的诗情，兼具纤婉与幽渺之趣。"《田园的忧郁》尤其如此。虽然是一部小说，无论是文体还是意境都弥漫着浓浓的诗意，任何一段摘录出来都是一篇优美又富有哲理的散文诗。

也正因如此，这部小说翻译起来比一般的小说要难很多，再加上笔者能力有限，虽力求还原作品浓浓的诗情，却终究如郁达夫所说的那样仍感觉自己"画虎不成"，唯愿在复译的过程中更接近原作一点点，也便感到欣慰了。

最后再录一段余话吧。芥川龙之介在谈及佐藤春夫的另外一篇随笔中说：

"我们在大地震后（一九二三年的关东大地震），佐藤对我这样说道：'等银座重新建成的时候，想必咱俩都是满头白发了。'这是佐藤对我抱有的最大误解。有一次我看到佐藤赤裸的身体，发现他体格健壮魁梧，全然不似诗人那般（柔弱），我终究是没有希望与佐藤共全天寿的。迎来丑恶的老年当然是诸神赐予佐藤春夫一人的宿命。"

四年后的一九二七年，芥川龙之介自杀身亡，而佐藤春夫则一直活到一九六四年，在古稀之年因突发心肌梗死辞世。

另：本书根据日本临川书店《定本 佐藤春夫全集》译出，其中《田园的忧郁》是根据其中收录的定稿翻译的，但是为了阅读方便，本书的排列顺序按照初次发表的顺序进行了调整，仍将《阿绢和她的哥哥》作为《田园的忧郁》的衍生作品排在了其后。

目 录

西班牙犬之家

（为喜欢做梦的人写的短篇）

弗拉特（狗的名字）突然跑了起来，在拐向马蹄铁匠铺旁边那条路的拐角处停下脚步等着我。这只狗很聪明，是陪伴我多年的朋友。我相信它比大多数人都要聪明，更别说我的妻子了。所以，我出门散步时总要带上它。这家伙时常会把我带到一个意外的地方。因此，近来出去散步的时候，我也不考虑去哪儿，只是默默地跟在它身后。铁匠铺旁边的那条路我还没走过。好吧，今天就跟着狗，去那条路上走走吧。于是，我在路口拐了弯。那条狭长的小路是个坡道，时而变得曲折迂回。我跟在狗的后面，沿着那条路往前走，无意欣赏沿途的风景，也无心思考，只是沉溺在想象里，茫然若失。偶尔抬起头，看一下天上的白云。路边的野花偶尔映入眼帘，于是，我便摘一朵花，放到鼻子前闻一闻。我不知道那是什么花，但那花儿很香。我捏住花茎，一边转着花儿一边往前走。这时，弗拉特发现了它。它停下来，歪着脑袋，盯着我的眼睛，一副乞求的样子。于是，我便把花抛给了它。它闻了闻掉在地上的花儿，又表现出一副失望的样子，仿佛在说："哎，原来不是饼干呀。"然后，它又猛地跑了出去。我就这样一直走了近两个小时。

不知不觉间，我们似乎来到一个高处。这里视野开阔。站在广阔的农田上，透过白云和雾霭能隐约看到下面远方的城市。我凝神看了一会儿，不知道那是哪座城市，却知道一定是一座城市。在那个方位，有那么多房子，到底是什么地方呢？我有些不解。不过，我原本就对这附近的地理状况一无所知，想不出来也是自然的。且不去管它吧。我回过头去，仔细观察另外一个方向，看到前方有个缓缓的斜坡，好像越往远处走，地势就越低。前方好像是一片杂木林。杂木林好像很大。将近正午的春阳和煦地照亮不太粗的半边树干。阳光就像丝丝缕缕的烟雾，又像芬芳的香气，从榆树、橡树、栗子树和白桦树刚刚萌生出来的嫩芽的缝隙间流淌下来。树干与地面上的阳光、阴影相映成趣，呈现出一种难以形容的美。我想去那片杂木林里看一看。树林中的草长得不高，不用蹚着草丛前进，因此想去那里并不费力。

我的朋友弗拉特好像也是这么想的。它兴冲冲地跑进树林里，一直向前跑，我跟在它身后。大约走了一百多米，狗的步伐与刚才有些不同，不再是之前那种悠闲自在的漫步，而是像穿梭一样，飞快地迈着步子跑了起来。它一定是发现了什么。是兔子的脚印，还是草丛里的鸟窝？它匆匆地转来转去。过了一会儿，它好像终于发现了自己应走的路，便径直向前跑了起来。我有点好奇，也跟着追了上去，时而惊到树枝上交尾的鸟儿。我们快步走了大约三十分钟，狗突然停了下来。与此同时，我仿佛听到了潺潺缓缓的流水声（这附近有很多泉水）。狗神经质般地摇晃着耳朵，往回走了四五米，贴着地面闻了闻，又马上朝左边走了起来。我惊讶地发现，这片林子比我想象的还要大。我没有想到此地还会有这么大一片杂木林，看样子差不多有两三百公亩。无论是狗的表现，还是这看不到尽头的树林，都勾起了我无限的好奇心。于是，我又向前走了二三十分钟，这时狗又停下脚步，短促地叫了两声"汪！汪！"这时我才发现前方有一栋房子。没想到这种地方还有人家，孤零零地矗立在这里。那不是烧木炭的小屋。所以，我感觉有些不可思议。

房子门前没有院子，仅仅是突兀地"夹在树林中"——此处"夹在树林中"是最为贴切的表达了。正如我刚才所说，我走到房子前面，才发现它的存在，所以不知道从远处看的话它是什么样子。考虑到此地的地形和它所处的位置，恐怕从远处也根本看不见。走近时看到的它，与一般的房子没有什么不同。不过，虽然屋顶也是用茅草修葺的，风格却与寻常百姓家有些不一样。之所以这么说，是因为这栋房子的窗都是西式的玻璃窗。从这里看不到正门，想来我们现在面对的是连接后墙与侧墙的墙角。常春藤从墙角向两边延伸，将两边的墙面各覆盖了一半。常春藤是房子唯一的装饰，为它这个角度的姿态增添了几分情趣。除此之外，这房子便没有什么与众不同的，看起来十分质朴，在这种山林里经常可以看到。我起初以为是护林人住的小屋，可那样的话，房子有些太大了，而且这也不是一片需要特意建一栋房子来守护的山林。于是，我便否定了自己刚才的猜测。不管怎样，先进去看看吧，就说自己迷了路，向主人讨一杯茶，吃掉带来的便当填饱肚子吧。我这样想着，朝房子正面走去。这时，被视觉夺去注意力的听觉又发挥起作用来。我这才知道水流原来就在附近，刚才仿佛听到的潺潺缓缓的流水声，大概就源自这附近吧。

走到正面，发现屋前方也是一片树林。不过，到了这边我却发现一个奇特的景象，房门口竟然砌着一道四级石阶，与这栋房子的整体感觉不太协调。不知为何，石阶的石头比房子的其他部分显得更加破旧不堪，许多地方长满了苔藓。房子正面南侧一扇窗下的墙上长着一排蔷薇，红色的小花不合时宜地恣意绽放着。蔷薇花丛下流出一股细细的水流，与和服的腰带差不多宽，在阳光下闪烁着。乍一看，我认定那水流是从房子里流出来的。我的家仆弗拉特正津津有味地喝着从那里流出来的水。我只瞥了一眼，便已将那里的情景铭记在心中了。

我悄悄地走上石阶。四面悄无声息，只有我的脚步声响起，不过也不至于打破周围的静谧。我跟自己打趣："我正探访隐者或魔法师之家。"我看了一眼我的狗，它倒没有什么异样，依然像往常一样伸出大红舌头，摇晃着尾巴。

我照着洋人的习惯，咚咚地敲响西式的房门，没有人应答。我只好又敲了一次，仍然没有人应答。于是，我开始喊门。但还是没有任何回应。难道主人不在家，还是这里本来就没有人住？

想着想着，我有点莫名地害怕起来，蹑手蹑脚地（不知为何）走到长着蔷薇的那扇窗下，伸长脖子朝里面瞧。

　　窗子上挂着厚厚的窗帘，深褐色的底色中穿插着蓝色的线条，看起来非常高档，与房子的外观不太相称。窗帘半开着，因此从外面可以看清房间里的情形。奇异的是，房子的中间位置放着一个大型石雕水盘，高出地面大约不到两尺。水盘正中间有个泉眼，水汩汩地冒出来，又从水盘的边缘不停地溢出去。所以水盘上长着青苔，附近的地板（也是石头）好像有些潮湿。后来想了一下我才明白，那像蛇一样从蔷薇丛中闪着光蜿蜒流出来的水，也许就是从那里流出来的。那个水盘让我很惊讶。刚才我就发现这房子的风格有些与众不同，但完全没有想到房间里还有这么奇特的装置。在好奇心的驱使下，我更加仔细地从窗子观察了房间里的情形。地面也是石板。石头——我不知道那是什么石头——发出苍白的光，被水淋湿的地方则呈现出美丽的蓝色。地上的石头利用自然的断面拼接在一起。距房门最远的那面墙上有个也是用石头砌成的壁炉，壁炉右边的柜子大概有三层，里面叠放或并排放着一些碟子类的餐具。它对面的墙，也就是我朝房间里看的时候站的这个地方——南墙的三扇窗中最靠里的这扇窗下，放着一张原木做的大桌子，上面摆着……因为被玻璃窗挡住，无论我如何把脸贴近窗子，也看不到上面放着什么。哎，等等！这肯定不是没人住的空房子，不仅不是空房子，而且直到刚才房间里肯定还有人在的，因为，桌下的地面上落着一个烟蒂，静静地冒着细细的烟，笔直地升起两尺多高，然后在空中打一个弯儿，越往上就变得越散乱。

因为遇到了太多意外，所以，看着那烟雾，我便不由得想起了香烟，于是自己也抽出一根香烟点燃。我再也忍不住好奇，想进去看一看。经过一番认真的思考，我终于下定决心。进去看一下吧。即便家里没有人，我也要进去看看。如果主人回来了，我就如实说明原委。既然那人生活如此与众不同，想必如果我那么说，他也不会再责怪我，说不定还会欢迎我呢。我平常随身携带的画具，正好作为"证人"派上用场，证明我并不是小偷。我再次走上石阶，保险起见，我又叫了一声，然后轻轻地打开了门。门没有锁。

我一走进去，就吓得向后打了个趔趄。原来，门边窗下的阳光里，竟趴着一条纯黑色的西班牙犬。它下巴贴着地面，身体缩成一团，正在打盹儿。看到我进来，它一脸狡猾的样子，微微睁开眼睛，慢吞吞地站起来。

我的狗弗拉特看到它，呜呜地叫着，朝那条狗走去。它们互相冲对方呜呜了一会儿。这条西班牙犬看样子是条脾气温和的狗。它们互相闻了一下对方的鼻子，然后那条西班牙犬便先摇起了尾巴，我的狗也随即开始摇起了尾巴。西班牙犬又回到刚才的地方趴下了，我的狗也以同样的姿势趴在它身旁。互不相识的两条同性犬竟能如此和睦相处，真是难得。当然，这主要是因为我的狗比较温顺，同时我也不得不称赞对方的宽容。于是，我放心大胆地走了进去。这条西班牙犬属于这个犬种当中体型较大的，长着一条这种犬特有的大尾巴，在屁股后面翘着卷起来，毛茸茸的，显得威风凛凛。不过从它的毛色和表情来看，年纪应该很大了。我了解一些关于狗的常识，能够推断出来。我走近它，抚摸了一下它的头，向这栋房子的临时主人打招呼，表达对它的尊重。狗这种动物，只要不是那种被人虐待得太厉害的野狗，都是愿意与人亲近的，而且越是寂寞的地方，它们就越亲近人。即便是陌生人，只要好好待它，它也不会伤害人。我根据自己的经验相信着这一点。而且，它们有一种必然的本能，那就是能马上分辨出喜欢狗的人和虐待狗的人。我的判断没有错。西班牙犬开心地舔了一下我的掌心。

可是，这栋房子的主人到底是什么人呢？他去哪儿了？他会很快回来吗？进去后，我旋即感到内疚。进去虽然是进去了，但我却伫立在大石雕水盘旁一动不动。那个水盘和我在外面看到的一样，高度果然大约只到膝盖处。边缘的厚度大约两寸，三个方向的边缘有细细的小沟，溢出的水通过水沟流出，沿着外壁落到地上。原来，在这种地势中，可以通过这种方式引水。我感觉这不仅仅是个装饰物，这家人肯定是把这水当成日常饮用水的。

这栋房子只有一个房间，而且这个房间一屋多用。椅子一共有一、二、三……只有三把，分别放在水盘旁边、壁炉前面和桌子前面。每把椅子都很简单，没有任何设计，只是能坐一下而已。我四处张望，胆子慢慢大了起来。这时，我突然听到时钟的秒针转动的声音，就像这个安静的房间的脉搏。我一边考虑着这个家的临时主人西班牙犬的感受，一边朝桌子走去。真的像我在窗外看到的那样，桌子旁边有一支燃尽的烟头，地上留有白色的烟灰。时钟的表盘上绘着花纹，像玩具的设计与这房间半野蛮的情景形成鲜明的对比。表盘上画着一个贵妇、一个绅士，此外还有一个男人。那个男人弯着腰，秒针每向前走一下便弯身为绅士擦一下他左脚上的皮鞋。虽然很可笑，但我觉得那幅画本身很有趣。贵妇穿着长裙，长长的下摆拖在地上，裙子上装饰着多褶的蕾丝边。绅士头上戴着礼帽，留着络腮胡。即便我并不太了解外国的风俗，但从他们的衣着和打扮也能看出那应该是半个世纪以前的东西了。最可怜的就是那个擦鞋的男人，他在这个安静的房子中的另外一个小小的世界里，昼夜不息地擦着同一只皮鞋。看着这无休止重复的单调动作，我突然感到肩膀有些酸痛。时钟显示的时间为一点十五分，比实际时间晚了将近一个小时。桌子上堆着五六十本落满灰尘的书，还有另外五六册散落在桌面上。都是一些大开本，要么是画册，要么是建筑类的书或地图。标题好像是德文，我看不懂。墙上挂着一个画框，里面有张原色印刷的画，画着大海的风景。我好像在哪里见过那幅画，看那颜色，可能是惠斯勒¹的作品吧。我觉得这幅画挂在这里是合适的。因为，人久居深山中，若不看看大海的风景画，也许会忘记这个世界上还有大海。

　　我准备离开，想着回头再来拜访主人。可是，人不在的时候随便闯进他家里，又在人还没回来时悄悄离开，感觉有些不好意思。我越发焦急地等待主人回来，一边看着从水盘里冒出来的泉

1　惠斯勒（1834—1903）：美国画家，钟情东方文化，风格受日本浮世绘的影响。

水，一边抽了一支烟。然后，我就盯着那泉水看了一会儿，专心致志地盯着流出来的泉水，感觉就像入迷地听着远方的音乐。或许音乐真的是从这不断涌出泉水的水底传来的，因为这栋房子如此不可思议。总之，这栋房子的主人一定非同凡人……哎呀，等等，我该不会和瑞普·凡·温克尔[1]一样吧？回家后发现妻子变成了老太婆什么的，或者等我走出这片树林，问农民"K村在哪里？"时，他们可能告诉我："啥？啥K村啊。这附近没有这个村子啊。"想到这里，我突然产生一种莫名其妙的心情，迫不及待地想快点回家。于是，我走向门口，吹口哨叫弗拉特。之前好像一直在观察我的一举一动的那只西班牙犬目不转睛地目送我离开。我害怕起来。这只狗刚才会不会只是假装温和，等我转身离开时，便汪的一声朝我扑过来呢？我小心提防着那只西班牙犬，等不及弗拉特跟过来，便急忙关上门离开了。

我决定离开前再看一眼房间里的情形，便伸长脖子从窗子里往里面看，发现那条黑色的西班牙犬慢悠悠地站起来。它不知道我还没有离开，一边朝大桌子的方向走着，一边好像用人类的语言说道：

"哎，今天遇到一个怪人，真让人吃惊。"

"啊？"我正觉得奇怪，这时它和普通的狗一样打了个哈欠，然后眨眼间竟变成了一个五十岁左右的老头，穿着一身黑色的衣服，戴着眼镜，坐在大桌子前面的椅子上，悠然地叼起一支

1　出自美国作家华盛顿·欧文（1783—1859）的同名短篇小说。主人公瑞普·凡·温克尔到山上住了一夜，醒来下山后发现已经过了二十年。

尚未点燃的香烟，打开一本大开本的画册翻看起来。

那是一个阳光和煦的春日午后，在深山寂静的树林里。

田园的忧郁

（或名《病蔷薇》）

I dwelt alone

In a world of moan,

And my soul was a stagnant tide.

我独自住在

呻吟的世界，

我的灵魂是污浊的潮。

——埃德加·爱伦·坡[1]

1　埃德加·爱伦·坡（1809—1849）：美国浪漫主义诗人、小说家。这首诗的英文题名为'Eulalie'，一译为《尤拉丽》（《爱伦·坡诗集》，曹明伦译，湖南文艺出版社，2012）。此处中文译文据日文原文译出。

那个房子出现在他的眼前。

起初，精神抖擞地扬起沙尘，跟在主人脚边欢蹦乱跳的两条狗，现在也终于老实下来，并排跟在他的身后。前方的路在一片高高的树丛下拐了一个大弯。

"啊，终于到了。"

为他们带路的黄头发胖女人说道。她一只手拿起脏兮兮的手帕，擦拭着从晒得黝黑的额头上滴落的汗水，另外一只手指着他们前进的方向。顺着她那像男人一样粗大的手指，他们看到一段小小的屋檐埋没在泛黑的深绿色当中，迎着耀眼与焦躁的夏日晨光，发出幽暗沉静的光芒。

这是他们第一次看到那间房子。他和妻子的视线在茅草屋顶上徘徊了许久，然后回过头来注视着对方，开始用眼神交流。

"我预感这个房子挺好的。"

"嗯，我也这么认为。"

他们盯着那间茅草屋的屋顶继续向前走。他感觉自己好像在哪儿见过那间房子，也许是在很久很久以前，也许是在梦里，也许是在幻想中，也许是从疾驰的列车车窗里。以茅草屋的屋顶为中心的视野，其实是普普通通的田园风光、平凡乡村的侧影。然而，现在，这正符合他的期待，反而能打动他的心。而且，他之所以决定住到这里来，也正是出于这个原因。

广阔的武藏野到了南端的尽头，终于有了丘陵的起伏。这些小小的丘陵，既像山区延伸出来的终章，带着大山的余韵，又像起伏的波浪，作为序曲通往广袤的草原。举目望去，到处都是丘陵。一

16

条平坦的大道由东向西，又有一条大路由北向南，在这些丘陵形成的单调风景中穿行。路边有一个荒草丛生的村落，几处低矮的茅屋。这里距大城市 T 市和 Y 市只有二十五公里左右，就像是三个剧烈的旋风之间形成的真空地带，被世纪丢弃，被世界遗忘，被文明推挤，落寞地待在那里。

这年暮春的一天，他第一次在这条路上感到无限的快乐，又难得发现自己原来可以如此心平气和。当得知这里还有如此偏僻的农村时，他首先感到惊讶，而且这平静的四周景物让他感到稀奇。他生于遥远南方的某个半岛的尖端。那里是一个市镇，波涛汹涌的大海和险峻的大山抱在一起扭打撕咬，而人类就在它们的胸口处渺小又聪明地活着。小镇旁边有一条湍急的大河，河面上的木筏排成长队，互相推搡着，奔向波涛汹涌的大海。如果说那里是一部剧情跌宕起伏的戏剧，那么这个与丘陵相连的村落则像一首温婉的散文诗，这里的蓝天、杂木林与农田交相辉映，云雀婉转啼鸣。如果说故乡的自然是他的严父，那么后者则是对孩子温柔的慈母。将自己比喻为"回头的浪子"[1]的他，自很久以前就一直切盼着融入温柔而平凡的自然中。啊！那里一定有古雅而平静的幸福与喜悦，等待着人们。Vanity of vanity, vanity, all is vanity！"虚空的虚空，凡事都是虚空！"[2]即便并非如此……不，其实没有什么理由，不过是在都市中感到窒息，感觉自己将要被人类的重量压垮。他就像一台过于敏感的机器，

---

1 回头的浪子：出自《圣经·新约·路加福音》15：11–32 节，讲述了一个浪子将挥霍完家产后回到父亲身边的故事。该故事以浪子的比喻广为流传。
2 虚空的虚空，凡事都是虚空：出自《圣经·旧约·传道书》1：2、12：8。

不适合待在那里。那里让原本就敏感的他变得愈发敏感。不仅如此，周围喧闹的春天让他变得更加孤独。"啊，在这样的夜晚，无论哪儿也好，真想找一个安静的茅屋，在赤红昏暗的油灯下，尽情地伸开双腿双臂，忘掉过去与未来，好好地睡一觉。"当他像流浪汉一样步履蹒跚地走在华灯下的石瓦路上，便常常这样想。"啊，深眠，我究竟有多久没有体会过深眠了？深眠！就如宗教的法悦[1]，是我现在最想要的。熟睡的法悦，即肉体真正活着的人的法悦。"他在心中自言自语，或偶尔小声说出口。于是，一种难以抑制、无可名状、类似于乡愁的情绪便急切地催促他前往那个未知的地方……（他是一个有着老年人的理智、青年人的热情、孩童般意志的青年。）

那个房子出现在他的眼前。

路的右手边，有一条水渠。路拐了一个大弯的地方，水渠也随之拐了一个大弯。水渠在其中流淌——流经杂木林边、柿子树下或马厩旁，穿过竹林间、泡桐树田，流过角落里盛开着硕大的百合花或向日葵的农家小院门前。这条宽约两米的水渠其实是一条灌溉农田的引水渠。由于直接引自源于远方山间的上游河水，渠水无比清澈美丽，让人更想将其称为山溪。从绿叶间洒落的阳光越发让人产生这种感觉。泥泞的红土经过充分的冲刷变成淤泥沉入水底，渠水不泛起一丝污浊，清清浅浅地向前方流淌，偶尔遇到阻挡，溅起亮闪闪的浪花，旋即又变成像绉纱的褶皱一般纤细的波纹，或者又像轻微的痉挛，泛起涟漪。有的地方，那些细微的闪光又像鱼鳞般重

1　法悦：佛教词汇，指佛教信徒听闻佛法而获得的一种喜悦。

叠在一起，凉风低拂水面时，那里又变成转瞬即逝的细长银箔。水渠两侧长满芒草，野蔷薇花丛只留下繁茂的枝叶，而那向恋人倾诉衷肠的多情的白色小花早已凋零，还有不知名的小草或灌木，开出了五颜六色的花朵，或结出了果实……渠水在枝叶相连的青草隧道中穿过，载着青草清凉的阴影，摇曳着流逝在前方。有时，渠水又会悠然地停下来，就像旅人驻足回望来时的路。这种时候，夏日上午土耳其玉色的蓝天倒映在水中，渠水也会变成土耳其玉色，或者像是从玻璃板侧面透视出来的颜色。欢快的蜻蜓逆着水流和微风飞行，轻轻地掠过水面，偶尔用尾巴点一下河水，将卵产在那里。那蜻蜓乘着微风，与他们朝着相同的方向，以与他们相同的速度向前飞行，不知是何缘故又突然向上高高飞起。他低头看看水，又抬头看看天，突然感觉自己变得像孩童一般，天真地想要轻松地唤一声蜻蜓，为它送上祝福。想到这欢快的溪流也许会从那房子门口经过，他便不由得开心起来。

酷暑试图表达炎夏的喜与乐。一片片树叶就像宝石的断面闪烁着光芒，而在这些树叶的下面，蝉在痛苦地呻吟，仿佛在被灼烤一般。灼热的太阳升到了中天。但是，他的妻子却并没有怎么感到酷暑难当。为他的妻子防暑的，并不是绣着紫阳花的紫阳花色遮阳伞——贫妇的天盖[1]，而是她的思绪。她一边走一边思考，以至于没有工夫感知酷热。她心想："若是如此，便可以离开在寺院借住的那间夕照强烈的禅房，逃到凉爽的地方去。而且，最重要的是，终于可以摆脱

1　天盖：又称宝盖，古时佛道、帝王或贵人出行仪仗中所用的一种锦伞。

那俗不可耐、贪得无厌又多嘴多舌的住持老婆[1]了。这样的话，要找一个安静又凉快的生活，只有我们两个人，想说的话便说，不想说的话便不说。如此一来，他那像风一样难以捉摸、像大海一样敏感的心也许会稍微平静一些。他那么向往乡下的生活，一时兴起来到农村，甚至特意买了一块小小的农田，却从不想如何利用（这原本也是在意料之中的）。不仅如此，他别的什么都不想做，一页书也不看，一个字也不写。倘若对他的父母提起此事，他们一定会责骂起来。即便并非如此，他们也早已对他失望了，尤其是在他不顾家人反对与我过早结婚之后，他们似乎更是如此。他一点也不体谅这样的父母，只是心浮气躁地（虽然他自己并不承认这一点，但总之是心浮气躁地）过着日子，每天做着不同的梦。有时，他会为不知何时开建的房子画上几十张详细却没有一点实用性的设计图；有时又会突然跑到院子里，学着狗的样子，和狗一起在暑气蒸腾的草丛中跌爬滚打，又或者突然放声大笑大叫。他也许是真的很寂寞，但他什么事都不告诉我，我也无从知道他的心境。他会不会有什么事瞒着我呢……"她想起五六日前刚读完的藤村[2]的《春》。她单纯的大脑从未怀疑过丈夫的天分，只是将丈夫想象成那部小说中的一个人，以为那人从书里跑了出来，出现在自己面前，来到自己的生活里。"……他真的打算忘掉并丢掉他那么自信的文艺工作，在这偏僻的农村终老一生么？他究竟在做一种怎样不可思议的梦呢？……

1　日本的和尚可以结婚。
2　藤村：指日本作家岛崎藤村（1872—1943），代表作有《破戒》《春》《家》《新生》等。

而且，他对别人那样和蔼可亲，为何唯独对我如此不苟言笑？难道是因为我在他对那个女人的爱情还没有完全消退时便投入他的怀抱，使他暂时忘掉了那个女人，但根深蒂固的爱情不知不觉间又萌生出来，便将我疏远了吗？于是，便对我百般苛责……照这样下去，他本人是痛苦的，而待在他身边的人更难以忍受。若他不满意我的回答，便常常对我拳打脚踢，或一有不如意，便动辄两三天都不与我说话……他一定是后悔与我结婚了。至少，他肯定时常会想，若不是跟我而是跟那个女人在一起的话，那该多么幸福啊。不只是在心里想，他实际上也对我说过'如果当时和那个女人、那个纯洁正直的女孩在一起的话，她一定能引导我，将我的生活打理得井井有条。我现在必然会在各种意义上过上更美好的生活。'其实，我也认识那个女人，她比我更美丽、更温柔。我非常清楚他多么思念那个女人……不，不是这样的，他肯定还是在想着别的什么事情……对，我丈夫只是说'让我一个人静一会儿'……"

"我并非不懂温柔，只是羞于启齿。我天生就是这样的性格。"

她突然想起他昨天晚上一反常态地向她敞开心扉，突然对她说的这句话。她一边走一边回味，同时想象着还未曾见过的那栋房子的户型结构。即便早已从新婚的甜蜜梦乡中醒来，即便置身于这酷暑当中，仅仅因为搬家这个契机，也会使心情变得生动起来。想着这些事，便会一会儿感到悲伤，一会儿感到喜悦，一会儿又感到欣慰，这便是不谙世事的年轻妻子才拥有的特权。也正因如此，当领路的女人喋喋不休地讲着那栋房子的来历时，她也没有任何兴趣，只是面无表情地随口附和。——天气炎热，旅途漫长，而领路的女人却喋喋不休。这个女人一定是个头脑简单之人，认为只要自己感兴趣的，别人便一定也会感兴趣。

他们在这样的路上走了三四公里。

然后，那栋房子出现在他们眼前。

水渠果然从家门口流过。门口有一座小小的土桥，上面长满了未经修剪的杂草，窄窄的小路上留着一行行人的足迹。土桥将走在上面的人们送到不足两米的水渠对岸，引向那个农家小院的门口。门的右边有一棵大柿子树，院子里也有一棵。柿子树自由伸展弯曲的粗壮枝干，仿佛在向抬头看它的人讲述着自己的身世："我已经在这里站了很久了。果实结的也少了。"老朽的树干伸出一根粗壮的树枝，树枝下长着一棵槲寄生。面向那棵树，右边有一条窄窄的水沟，将房子和泡桐田隔开。不知里面流的是什么水，总之快要干涸了，细细地——仍在窄沟的部分区域细细涓涓地流淌，水流比男士和服的腰带还要细，一股一股地、孱弱地向前流动。湿润的地方长着鸭跖草，开满了蓝色的小花，还有很多野花夹杂其间，有泛着浅红色的白色小花，形状像孩子们口中的金平糖，还有被孩子们称为狗尾巴花的红色野花。那是唤醒人们童心的花丛。在萤火虫白天栖息的小草中间长出一簇芦苇，约有十五六枝。芦苇叶上长着明显的白色竖纹，又长又宽，清爽地随风摇曳，发出沙沙的响声。从院子里流出来的水穿过草茎，冲洗着芦苇根部短短的节，像散开的绢丝束一样亮泽，柔弱地蜿蜒流淌。水流冲倒一根细长的草叶，倒下后仍幸存下来的草叶又挡住了流水。涓涓细流顺着草叶，像漏刻中的水，滴滴答答地流进路边更大的水渠中。他感觉屋后有一股小小的清泉涌出来。因为这里地势如此。

房子的后面连着山，山坡上长着竹子。竹林中长着高大的山茶花树，雍容华贵，仿佛一个异端人士，阴郁地挺立在清新淡雅的竹林中。院子四周是比人还高的杨桐篱垣。房子近在眼前，整体上仍然像他们刚才在远处指点着说起这里时看到的一样，埋没在枝繁叶茂的绿树之间，位于郁郁葱葱的青草之上。

两条狗先后跑下土桥，来回跑着喝水渠中的灌溉水。他没有走上土桥，而是深情地凝望农家小院，忍不住想要吟诵"三径就荒"[1]的诗句。

"哎，这门口的感觉，挺好呢。"

他在小院周围寻觅了几点与闲居或隐居相符的情趣，对妻子说道。

"是啊。不过，真是荒芜呢，要进去看看才行……"

他的妻子稍感不安，又巧妙地回答，就像世间所有的妻子规劝常常冲动的丈夫那样。但是，她马上又改变了主意，说道：

"不过，哪里都比现在住的那寺院好。"

刚刚喝完水的两条狗突然来了精神，先主人一步跑进院子里。它们跑到松树下的浓浓树阴里，就像到了自己的地盘，怡然自得地伸展身子，伸出脑袋将从下巴到喉咙的部位贴在地面上，以同样的姿势并排趴在地上。然后，它们又以同样的姿势蜷曲着身体，将两条后腿伸出去，那样子真像一幅美丽的对称图。它们伸出大红舌头，

1　三径就荒：出自陶渊明《归去来兮辞》："三径就荒，松菊犹存。"后人以"三径"指代归隐田园。

喘着粗气，一副天真无邪的样子，抬眼望着走进小院的主人，轻快地摇着尾巴。他看得出来，这两条狗表现出来的平静，说明它们比主人更早、更充分地意识到这里将是它们的新家。如果这时他的妻子在身旁，或许他会这样对她说：

"瞧，弗拉特和雷奥（两条狗的名字）都同意住在这里啦。"

然而，现在妻子不在旁边，她跟着那个领路的女人去了套廊边，要打开那扇锁了很久的门。她们将钥匙插进钥匙孔中，拧得嘎达嘎达作响。树木枝繁叶茂，绿叶层层叠叠。交错的树枝形成一张网，变成一堵墙，变成屋檐，几乎没有阳光照进院子里。泥土的气味从黑色的地面冷冷地涌出来。他就像闻香之人，调动身上所有的感官，尽情地品味泥土的芬芳——待到钥匙串发出的清凉的响声停下来、走廊的门打开时，方才作罢。

"终于有个家的样子了。"

妻子正笨拙地糊着昨天在门前洗干净的格子门。糊完最后一扇时，丈夫正拿着一扇格子门嵌入茶室和里间卧室之间的门楣里。妻子看着丈夫的背影，露出满意的表情，一副神采奕奕的样子。

"终于有个家的样子了。"

她重复了一下丈夫刚才说的话，然后说道：

"换榻榻米的人也说很快会来……不过，前天刚来到这里的时候，我真的不喜欢这里呢。当时觉得这地方怎么能住人呢。"

"可总归不是狐狸窝。"

"但是，真的是'浅茅之家'[1]呢。即便不是浅茅之家，也是蟋蟀之家。进来的时候，满榻榻米都是蟋蟀，蹦蹦跳跳地四处逃窜，真的太吓人了。"

"浅茅之家、浅茅之家，不错……以后干脆就把这里叫作'雨月草舍'吧。"

夫妻二人（妻子在丈夫的影响下），讴歌着上田秋成[2]。

妻子见丈夫久违地露出开心的笑脸，非常高兴。

"接下来就该掏井了。这可不容易。说是一年都没打过水了，水可能都变臭了。"

"如果不每天从井里打点水出来，井里的水肯定会变臭啊，就像我的脑子一样，会腐败的。"听了这句话，妻子心想："又来了。"刚才雀跃的心情顿时消失，她战战兢兢地看着丈夫的脸色。不过，看样子，丈夫今天只是随口一说，他那棱角分明的脸上依然挂着笑容，是那样高兴。看到他的样子，妻子放下心来，撒娇似的补充了一句：

"还有，院子也要好好弄弄。我讨厌这样阴森森的！"

妻子疲惫地倚在墙上。他们的爱猫悄悄地走过来，慢吞吞地爬到她的腿上。

"阿青（猫名），你也热得难受吧。"

妻子说着，把猫抱起来。他家养着猫和狗。按照他的性子，一旦喜欢上什么就会没命地喜欢。这很快成了他家的一个习惯，他和

1　浅茅之家：典故出自上田秋成的短篇小说集《雨月物语》中的一篇，原名为"浅茅が宿"，一译《夜归荒宅》（阎小妹译，人民文学出版社，1990）。

2　上田秋成：日本江户时代著名的国学者、小说家，代表作有《雨月物语》《春雨物语》等，佐藤春夫为之倾倒的日本作家之一。

妻子都经常像对人说话一样跟猫狗说话……

那是发生在他们夫妻二人住进这栋房子几年前的事。

据称这个村里最有钱的财主N家的老当家上了年纪，深感人生寂寞难耐——无论年老还是年轻，人在这种时候，最需要的都是异性——老人于是从城里带回来一个年轻女子。虽然这家在风流老人这一代已将家里的土地挥霍了一半，但这老人毕竟是有钱人，想法与穷人不同。他没有找那种徒有美貌却没有一技之长的女人——哪怕长得丑一点，只要年轻就能将就。所以，他选择了那种能对村子和自己都有所帮助的女人。简单来说，就是这样的：村里以前没有接生婆，很不方便，所以他娶了一个以接生为副业的姨太太。然后，他拆掉自家的偏房，在正房稍微偏北的地方重建了一栋房屋。重建时，他选了冬天从早到晚都有日照的地方，建了一条长七八米的回廊。穿过约五平方米的玄关，是一个十平方米左右的茶室，里面砌着围炉。佛龛的黑柿木柱子和客厅麻叶图案的格子气窗，做工精巧，令村民无不为之侧目。木匠抚摸着半新的柱子，像称赞自家的宝贝似的说：不愧经过千挑万选从自家山上采来的木材，没有一处碍眼的枝节。一般人家的厨房都不会铺地板，空旷得很，阴森森的，粗大的栋梁也往往被熏得漆黑，而他家的厨房里却铺着地板，女人可以穿着白袜，拖着长长的和服下摆在里面做饭。老人把家事交给四十多岁的长子打理，自己则当起了老太爷。老太爷是幸福的。对于老人娶了个年龄比自己小一半的小老婆当"茶友"，村里人常常说三道四，但这点事并没有伤害到老太爷的幸福生活。

26

但是，一切平静与幸福的生活，在短暂的人生中都是最为短暂的，就像洒满阳光的格子门上出现的鸟影，倏然飞来，又倏然而逝。所以，人们看到鸟影的瞬间，心中便往往涌起莫名的孤寂。老太爷的安稳日子也转瞬而逝了。

不久，这个小老婆从城里找来一个青年男子。村里人都把他称为"管家"或者"接生婆的管家"。村里人不知道接生婆是否真的需要一个"管家"。但是，对于年轻的小老婆擅自找来年轻的"管家"这件事，老太爷很生气、非常生气。首先，在乡下人看来，这对年轻男女的生活实在太奢侈了。他们的支出与老太爷的预算相差有点多。老太爷希望他们能稍微收敛一点，常常跟小老婆提起此事。起初还有点顾虑，会拐弯抹角地说，但慢慢地就干脆直截了当地说了。有时，老太爷会在半夜叫嚷，越说越凶。"管家"或许隔墙听到了他们的对话。有一次，老太爷又在半夜叫嚷起来，第二天傍晚，也就是她来到这个村子约一年后，年轻的"管家"来村子约半年后，他们突然一起离开了村子。

一个傍晚时从村子附近回来的马夫次日早晨对村子里的人们说，他走在山路上，在暮色中看到一张白白的圆脸，仔细一看竟是"N先生的接生婆"。当然，这个人很可能并没有真的看见，而是听说他们不见了之后瞎编乱造的。不然，他肯定在刚回来的时候，便一副洋洋得意的样子跟大家讲起这件稀罕事了。这种时候，人们多少都有一种想瞎编点故事的文艺本能。这个就先不管它了。总之，这个故事让当时缺少谈资的乡下人开心了一阵子。村民的舆论认为，比起七十多岁的老太爷，那个二十四五的青年与那个二十八岁的女子更般配。

令人感到痛心的是，小老婆与人私奔后，老太爷便埋头于园艺，开始种植花木了。

他开始寻找一些开花的树木，移栽到院子里。昨天把一棵树挪到院子里，今天又从别人家的院子里把另外一棵树挪过来，明天又想着再寻一棵良种花木，每天挖土栽树，一天也没消停过。春有牡丹，夏有朝颜[1]，秋有菊花，冬有水仙。小老婆与人私奔后，他便让一个十岁、一个七岁的两个孙女睡在自己身边。但是，这个花翁躺在床上却总是辗转难眠，于是，他又迷上了定期举行的俳句诗会[2]。

正好过了一年，老太爷死了。他费尽心思栽种的那么多花木，开出各种各样的花朵，结果他本人却只欣赏到一点点。然后，这个院子，和他小女儿一起，都归了这个村里的小学校长。因为，这个村的小学校长是老太爷家的上门女婿。这位小学校长擅长算数的加减乘除，算盘也打得好，但对任何形式的美都一窍不通。于是，有个精明算计的花匠，把好看的园艺花木都挪走了，像大棵的白色木兰花、山茶花、金松、秋海棠、墨竹、垂樱、大株的花石榴、梅花、夹竹桃，还有很多种类的兰花盆栽。于是，这些不幸的花木还没来得及习惯土地，便只能忙忙碌碌地改变居所。其中也有一些或许在此过程中枯死了。

当时，小学的校舍刚刚建好，校长住进了里面，于是继承的这

1　朝颜：牵牛花的别称。
2　俳句诗会：江户后期到昭和初期举行的一种俳谐诗会，以一般大众为对象，具有娱乐性，诗句往往陈腐无新意。

栋房子便闲置下来。后来他便想，若是有人想租这栋房子便租出去。校长先生想得很明白："若是没有人住，房子就荒废了。哪怕只收一块钱或者一块五房租，租出去也总归没有什么损失。"但是，在乡下，大多数人都有自己的房子——即便是屋顶塌陷、腐烂的茅草屋顶上长满青苔的破屋，也都有自家代代相传的祖居。无论租的是多么气派的房子，只要是租房住的农民，一定是那种连祖居都抵押出去的赤贫之人。于是，老太爷为自己心爱的女人同时也是为自己安享晚年而建造的这栋房子，最后竟成了最穷的村民的住处。老太爷在茶室砌了一个烧水品茶的炉子，他们却扔了大量会冒浓烟的松木柴进去，冒出来的烟被对于农家无用的天花板挡住去路，无法散到外面去，于是，墙壁、格子门、天花板和榻榻米很快都被熏得漆黑。可怜的农民一家根本不为笼罩的烟所苦，反而感激它带来的温暖。在秋冬两季的漫漫长夜中纺线、编织草鞋，熬至深夜。房租大概从第四五个月的时候就开始滞交了。榻榻米被刮坏，柱子也变得脏兮兮的，伤痕累累，上面有在各种情况下留下的各种形状的污痕。校长先生心想："至少能攒点粪肥吧。"可是，当他家的长工一大早去淘粪的时候，却发现粪坑里已空空如也。原来，租住这栋房子的贫苦农民已经把粪运到自家租来的农地里去了。校长先生开始讨厌这家租户，逢人便说起此事，咒骂贫苦农民的狡诈，然后给出一个结论："总之，受穷之人必是些不知礼义廉耻的狡猾之徒。"其他村民马上对校长先生的这个论调表示赞同。于是，校长发现自己的理论被确立为真理，开始认为与其把房子租给那种人还不如荒废了更好。因为，把房子租给那种人是积极地让房子荒废，而闲置不用的话则是一种消极的荒废。于是，他赶走了租户。村民们认为校长先生的做法合情合理。

在此期间——即老太爷死后的这段时间，没有人想过他在院子里种的那些花草树木。房子变得破败不堪，院子里荒草杂生。老太爷在世的时候种过一些菊花。菊花田里野草丛生，菊花夹杂在乱草中，像野生的一样，叶子越来越小，枝条蜷曲，却仍旧开着一些红色或白色的小菊花。秋天的时候，这个贫穷农民家的小女儿每天早晨寻一朵，折下来插在鬈曲的头发上当发簪……

他站在回廊上，望着庭院，在那个领路的女人一路讲的故事里加上自己一流的想象，茫然地想着上面这些事。

"弗拉特、弗拉特。"后边回廊里传来他妻子的声音。她正在唤狗。"哦，乖、乖，雷奥也过来啦。真可爱。我可不是要喂你们哦。你们两个，不能在那草地上玩耍，会有蛇的。要是像前一阵子那样被蛇咬了鼻头，喉咙肿起来，脸变得和寺院里的和尚的脸那么大可就麻烦啦。乖，弗拉特，你已经尝过苦头了，知道厉害的，对吧？雷奥，你也要小心啊。你比较听话，应该没事儿……"他的妻子正在跟她的养子——两条狗聊着天，宛若一个唱牧歌的小女孩，嗓音轻柔，悠然自得。竹林里吹来的凉风从他身边吹过。

盛夏的废园枝繁叶茂。

所有的树都深深地扎根于土壤中，从中汲取泥土的力量，全身生满树叶，尽情地吸收阳光。松树、樱树、罗汉松各呈其态，为了获得更多阳光，让自己变得更强大，它们努力伸展着枝丫。在实现各自意志的过程中，它们的枝叶相互推搡碰撞，重叠缠绕。为了独得太阳的恩宠，它们根本无暇顾及别的任何事物。于是，照不到阳光的树枝日渐消瘦。一棵小小的松树在杉树下变得红红的，枯萎死去了。杨桐围成的绿篱变得高低起伏，排成一列的杨桐顶端参差不齐。因为，只有照到阳光的地方生长茂盛，而被各种大树遮挡的树荫下，绿篱则萎靡凹陷，有的地方不长叶子，形成一个和城墙上的炮孔差不多大小的窟窿；有的地方又长满叶子，圆鼓鼓地挤成一团；还有的地方完全断开，因为正好被绿篱旁一棵高大的松树挡住了阳光。这还不算，墙根的正中间还突然长出野生的藤蔓，比人类的拇指还粗。藤蔓冲出绿篱，仿佛捆绑俘虏的绳子，一圈圈缠着大松树的树干向上攀爬，一直爬到人们目所能及的顶梢好像还不满足——那缠绕的藤蔓挣扎着伸向天空，就像疯狂的手指，焦躁地试图抓住虚空。在缠绕的藤蔓枝条中，有一根枝条攀上旁边一棵更高的樱花树，比其他枝条爬得都要高，向天空的方向伸展。院子的另外一个角落，梅树的新枝挺拔高耸，仿佛一挺笔直的长枪直冲云霄。在曾经的菊花田中，有一种杂草深深扎根在柔软的土壤里，往四处蔓延。那种草无论形状还是性质都有些像竹子，看起来很顽强。它坚硬的草茎和叶子匍匐在泥土的表面，织成网状，在枝节处一一扎下根，朝四面八方拓展自己的领地。将其中一部分连根拔起，便能带出一坨，无数蓬松的须根连同夹杂着黑沙的泥土，恰好如人的手掌抓出来的大小。这是它们求生的意志，也是夏天赋予万物燃烧的激情。这些杂乱的草木枝繁叶茂，放进整个庭院之中，就像疯子铅灰色的额头上散乱的额发那样阴郁。这些草木仿佛拥有一种无形的重量，从上面压着这个小院，从远方慢慢地逼近，将中间的房子包围。

　　但是，最让他感到恐惧的，并不是大自然的这种暴力的意志，而是这混乱的局面中残存的一缕人工的典雅气息。那是某种意志的幽灵。虽说那个花匠几乎将废园中所有的一切都掠走了，但幸存的东西当中的确还能找到一些痕迹，让人不由得怀念起栽花故人的雅兴。即便是大自然的力量，也未能完全将这些痕迹掩盖。比如长着白斑的罗汉柏，它长在大门通往房门的小路上，想必原来是郁郁葱葱的，被修剪成了枣子的形状；还有山茶花，从会客厅里可以看到，挡住了茅厕；它的底下有瑞香；还有几株剪成覆钵形的雾岛杜鹃；长了多年的绣球花，叶子受不了酷热，已经打蔫，枯萎的大朵花朵掩藏在叶子下面。现在，院子就像被暴怒的巨人乱扔过一样杂乱无章，而这些幸存的花木散落其间。当初，白木兰、瑞香、山茶花、秋海棠、梅花、芙蓉、老金松树、茶梅、胡枝子花、兰花盆栽、大块的山石、繁茂的青苔、垂樱、墨竹、石竹、大株的花石榴树、水边生长的鸢尾花，还有其他各种花草，栽种在院子里，安排得恰到好处，得到主人的精心照料。而今，只有一些幸存的花木散落在院子里，无人问津，遭受着比北方蛮夷更粗鲁的大自然的踩踏，却依然能够令人想起主人昔日未竟的旧梦。即便院子里的任何一个角落都没有了这种花木，门口的那棵松树也令人联想起昔日的时光。虽然现在又粗又长又硬的针叶密密麻麻地长满树枝，但想必每个看到它的人都会承认一个事实，那就是——以前曾经有人细心地照料这些枝条，为它修剪过叶子。其实，房子的主人——那位小学校长正考虑近期把这棵松树卖掉，所以打算叫花匠下次来的时候，整理一下树根周围，修剪一下疯长的叶子。

瞧，伟大得近乎残忍的大自然与命运的力量，把故人的遗志破坏成了何等模样？这些幸存的花木、这破败的院子，既没有大自然朝气蓬勃的野蛮之力，又没有人造庭院的矫揉造作，而是这两种风格随意且不统一的混合。这种景象，与其说是丑陋，毋宁说透着一种莫名的凄凉。这个房子的新主人驻足在树荫下，着迷地看着废园的夏景，突然感到一种威胁，有种转瞬即逝的恐惧掠过心头。连他自己也不知道那恐惧是什么。真的是一闪而过，他根本来不及看清它的真面目。但是，奇怪的是，那不是精神上的，而是感官上的，是一种出于动物本能的恐惧。

那天，他在新家凄凉的院子里沿着树荫来回走了一会儿。

房子侧面种着一棵小叶青冈。树下，蚂蚁正摆成一列黑色的长队行军，其中一些蚂蚁一起扛着对它们来说最重要的食物，一些大一点的蚂蚁则分布其间，像是在指挥大家劳动，它们相遇时，双方会停下来碰碰脑袋，就像在打招呼，或像说闲话，或像传口信。这就是常见的蚂蚁搬家。他蹲在地上，凝视这支小小的商队。就这样，他从它们身上暂时获得一种孩童的快乐。他这才意识到，他长这么大还从来没有看过这种东西，或者即便遇到也不曾驻足观察过。这么说来，自从幼儿时期以后，他就再也没有静心观过月、赏过鸟。其实在幼年时期，他就比别的孩子更喜欢做这些事，但现在他甚至连这个都忘记了。这个发现让他莫名地悲伤，同时也令他感到开心。他怀着这种心情从地上站起来，正要离开时，突然看到一个蝉蜕。那个蝉蜕像小丑一样张开獠牙般的前爪，紧紧地咬住青冈树的树干，就像一副背部中央处裂开的小小铠甲，红红的，亮晶晶的。再仔细看一下那树干，在蝉蜕三四寸上方的地方，有一只蝉伏在那里一动不动。难怪它一点都不怕人，一看就知道是刚出生的，身体还非常柔软，没有变硬。那只虫子一动不动，静静地接触着空气的神秘。还未长成的柔嫩翅膀蜷曲着，整体呈乳白色，显得楚楚可怜。只有它身上那绿色的线条十分明显，那是一种清爽明快的绿色，让他形象地联想到开裂的白色豆瓣中间生出的两片绿色新芽——不仅是颜色，整个翅膀都像是植物的萌芽。他发现，新生的昆虫与小草固然不同，但其中却启示着某种共通的姿态。自然本身或许并没有什么法则，但人们至少能按照自己的喜好从中找出各自的法则。再仔细观察，就会发现这虫子扁平头部的正中间恰到好处地雕着一个微小的东西。那东西呈现出红宝石色，甚至比红宝石更加璀璨，至于那种宝石般的东西在科学上称作什么（大概叫作单眼吧），他无从知晓。但是，就"美"这一点来说，他觉得自己比任何人都更了解。这种美，是让他在这只小小昆虫的新生中感觉到神圣并产生膜拜之情的最重要原因。

在他贫瘠的知识中，好像听农校的学生或别的什么人说过，蝉这种生物要经过二十年（蝉最长经过十七年能长为成虫，此处疑为作者笔误——编注）才能长为成虫。人们都说蛙鸣蝉噪，这只小小的昆虫仅仅为了迎来一段对人类来说好像没有任何意义的一生，竟然和他活了差不多大的年纪！而且，它的生命竟然仅有几天——短则两三天，长则一星期。大自然究竟为何会造出这种东西呢？不，不，不只是蝉，还有人类，还有他自己。说是神造的这大自然，恐怕其实是十分荒谬的吧？不知其荒谬而试图解释这种荒谬的时候，大自然就显得神秘。不，不，什么都不清楚。对，清楚的只有一点，那就是蝉是无常的。谁又能说人类中雄辩的议员的一生就与蝉不同呢？蝉蜷曲的翅膀眼看着舒展开，那种半透明的乳白色也逐渐发生了变化，很快变得无色透明。像新芽一样柔嫩清爽的绿色随之慢慢变黑，恰如小草的嫩绿变成常绿树的颜色，某种现实的强大力量明显地显现出来。他以一种近乎病态的细致看着这些东西，大约过了二十多分钟，心中自然而然地生出一种令人窒息的肃穆之情。他突然对自己的心说道：

"看吧，这就是出生者的烦恼。即便是这小小的生物，为了出生，也需要这等忍耐。"

然后，他又说道：

"这小小的虫子就是我啊！蝉啊，快展翅起飞吧！"

他就这样做了个奇妙的祈祷。他总是这样祈祷，不唯此时如此。

在这个院子的角落，有几株蔷薇。

蔷薇沿着井边的排水渠种了一排，就像一堵篱笆墙。若是枝繁叶茂时，倒也能呈现出"一架长条万朵春"[1]的景象，形成一堵蜿蜒四五米的美丽花墙。然而，它们十分不幸，旁边的一排杉树正好挡住早晨的阳光；傍晚，房子又挡住夕阳，影子落下来阻碍了它们的生长；就连正午前后，阳光也被柿子树或梅树的枝条夺了去。这些

1　一架长条万朵春：出自唐代诗人裴说《蔷薇》："一架长条万朵春，嫩红深绿小窠匀。只应根下千年土，曾葬西川织锦人。"

杉树、柿子树或梅树的枝条长得繁茂，像屋檐一样霸道地侵占了蔷薇的上方。于是，蔷薇像蔓草一样细长，一副弱不禁风的样子，在一尺多高的草丛中摇摇晃晃地站着。八月已经过半，别说是花了，就连一片绿叶都没有——真的是一片都没有。他甚至折下一根枝条，确认这些蔷薇是否真的还活着。阳光和温暖全都被别的植物掠走，它们在土壤中积蓄的养分也悉数被根部周围的无名杂草夺了去。它们似乎没有享受到自然的任何恩惠。不过，蜘蛛最喜欢在这种地方织网。好像就是为了给蜘蛛织网提供一个落脚点，蔷薇还勉强活着。

蔷薇是他的最爱之一。有时他甚至将蔷薇称为"我的花"。这是因为歌德为它留下了一首令人难忘且充满慰藉的诗句"若为蔷薇必开花"[1]。不过，他觉得自己是发自内心地喜欢这种花，而不仅仅是因为这种说教性的词句。那满溢过剩的美呈现出丰饶的姿态，尤其是那胭脂色的花朵，令他为之痴迷。那令人眩晕的香气让他想起初吻的甜蜜。自古以来，不知多少诗人留下了多少吟咏蔷薇的美丽诗句，让他产生这样的感觉。西欧的文字自古以来便将这花称颂为花中之王，编织王冠献给它。中国的诗人也总是以他们那美丽如画的文字讴歌这种花的光华。他们还将大食国[2]的"蔷薇露"[3]视为珍宝，咏出"海外蔷薇水，中州未得方"[4]的诗句，感叹此种"换骨香"[5]

1　若为蔷薇必开花：歌德名言，现中文多译为："如果是玫瑰，它总会开花的。"此处结合日文原文，译为蔷薇。
2　大食国：唐宋时期对阿拉伯国家的泛称。
3　蔷薇露：又称"酴醿""蔷薇水"。据明代周嘉胄所撰《香乘》载："五代时番将蒲诃散，以蔷薇露五十瓶效贡，厥后罕有至者，今则采茉莉花蒸取其液以代之。"
4　海外蔷薇水，中州未得方：出自宋代杨万里《和张功父送黄蔷薇并酒之韵》。
5　换骨香：指可以使人脱胎换骨、飘飘欲仙的香气。

之难得。这些诗句在诗歌的王国中为蔷薇打造了一片坚固的领地，塑造出了像贵金属的矿脉一样延绵不绝的传统——甚至成了一种因袭。只要涉足诗歌王国的人，都必定听人谈起过蔷薇。于是，蔷薇的颜色、香味，还有叶子和刺，都把这些数不清的优秀诗句当作肥料汲取，化为自身的一部分。这些美丽的诗句在它们身后闪耀着光辉，枝条也好像变得沉甸甸，弯了下来。这让他从这种花中感受到一种格外的美。这是幸运吗？不，毋宁说是非常不幸的。这种文艺因袭顽固地扎根在他的心中，融入他的性格。他之所以选择文艺作为事业，大概也是因为这种心吧。他的艺术才能诞生于这种因袭，很早就已觉醒……或许正是因此，他才在无意识当中如此深爱蔷薇的吧。还没有学会从自然本身直接摘取真正清新的美和喜悦时，他便通过这种文艺的因袭，唯独向这种花献上了深深的爱。更可笑的是，他甚至在"蔷薇"这两个字当中感受到了爱。

可是，今天眼前的这些花却如此贫弱不堪。以前老家的院子里也种着蔷薇，有的蔷薇因长在温暖的向阳处，在隆冬时节长出了花苞，虽然在不自然的暖阳的引诱下长出了花苞，但即便是南方的冬季，早晚没有太阳的时候，对蔷薇来说也还是太冷了，过了很多天，花苞依然紧闭。不仅如此，白中透红的花瓣，最外侧竟出现了一些绿色的细线条，一天天变硬，变得有些像叶子，成了一种介于叶子和花瓣之间的东西。但是，今天他看到的这些花更加可怜，与当时那些含苞未放的花朵根本无法比的。他看着这些花，突然冲动地产生一个想法：要想办法让这忍辱偷生的蔷薇沐浴到阳光的恩泽，要让它开花。这是他在这一瞬间产生的愿望。但是，这个愿望很大程度上是一种故作姿态的"态度"——沉溺于游戏性质的所谓诗意当中，认为那样做适合现在的自己——甚至他自己也不由得发现了这个事实（这种想法无论在什么时候都多少背叛了他的诚实）。他也是想通过这花来卜一下自己——"若为蔷薇必开花。"

　　他独自朝附近的农家走去。看到主人快步走出去，两条眼尖的狗也追了出去。不到五分钟，他就拿着生锈的锯和园艺剪，带着两条狗，得意扬扬地回到院子里。他微笑着站到蔷薇旁，一边抬头仰望，琢磨着怎样剪才能让阳光更好地照在这儿，一边脱掉上衣，光着膀子。他首先开始用锯子锯去柿子树肆意伸展的树枝，白色的粉末从树枝上啪啦啪啦地落下来。当锯齿锯进去一大半的时候，还没有完全被锯断的部分便已撑不住树枝本身的重量，咔嚓一下断掉了，沉重的粗枝连同长在它身上的枝条摔落到了地上。这时，阳光透过缝隙迅猛有力地倾泻下来，无微不至地浸润已然形同枯木的蔷薇。那些霸占蔷薇上空的梅树、杉树和柿子树的枝条也一点点地被锯掉了，拥抱蔷薇的阳光逐渐扩大势力范围。他用园艺剪拂去蔷薇上的蜘蛛网。那里藏着各种各样的蜘蛛：有一种叫苍蝇老虎的蜘蛛，腿很短，在树枝分叉的地方织了一张像纸袋一样的网；一种叫棒络新妇的蜘蛛则是个大块头，长着像龟甲一样亮泽的长腿，扯出一张规模庞大的网。剪刀将蜘蛛网破坏后，蜘蛛就像杂技演员一样灵巧地扯着蜘蛛丝慌忙逃走。大剪子乘势追击，它们吐着丝，倒挂在剪子的刀尖上，跳到地面上、草丛中或者水洼里，四处逃窜。剪刀将它们一剪两段。

　　这让他出了一身汗，也让他兴奋起来。起初，他的妻子听到最粗的树枝掉在地上的声音，过来一看，见他难得干起活来，好像冲他喊了一声，他却没有任何回应。两条狗见主人今天根本不理它们，便开始互相追逐嬉戏，在院子里撒起欢来。他产生了一种欣喜若狂的快感，甚至想信手把周边的一切都剪掉。

他用园艺剪将缠绕在松树上的粗藤蔓齐根剪断，才发现自己的力气竟然这么大。当他像松开拧上劲儿的绳子一样一圈圈拧着藤蔓，将它从松树树干上剥离时，仿佛感觉到松树也松了一口气。他用两手抓住藤蔓的切口，用力拉了一下，这自然是白费力气。缠着松树枝和爬到旁边樱花树上的藤蔓被他如此用力一拉，松树和樱花树的树枝都随之弯下，剧烈摇晃起来，它们的树叶被扯掉，纷纷落到地面上。附着在樱花树枝上的毛毛虫也落到他的草帽上，而藤蔓本身却像绷紧的弓弦，仍挂在树枝上。"就你那点力气，我才不怕呢！再加把劲儿吧。"那些藤蔓像是在揶揄，又像在向他夸口，实在可恶。他拿藤蔓没有办法，最后只好放弃了。然后，他又开始修剪绿篱。

他这个游戏从中午开始，到了傍晚，绿篱的顶端已经被修剪整齐，侧面也变得像墙面一样平整。与墙面平行照进来的夕阳偶尔反射到杨桐又黑又硬的叶片上，闪烁着亮丽的光芒。这样一来，那个窟窿越发显得难看了。

"哎呀，这下可利落多哩。"

也有干完农活回来的农夫从外面经过，说着这样的恭维话，透过窟窿打量着他家里的情形。他又顺便修剪了一下掩在水渠上方的垂杨枝。那天傍晚，他吃得特别多，夜里也睡得格外香甜。然而第二天早晨醒来的时候，他发现自己的身体已经变得像木头一样僵硬，浑身关节疼痛，不由得苦笑。

这些藤蔓原本那么执着地缠在松树和樱花树上，可是几天后，当真正的花匠（其实一半也是农民）来到他家时，它那像蜈蚣脚一样的叶子已经枯萎，有的部分已完全褪掉了绿色，那根像疯狂的手指一样的藤蔓[1]蔫蔫地垂了下来。他蹲在房檐下，抬头看着花匠爬到松树上砍掉粗大的藤蔓，就像看到戏剧中的恶人在舞台上被惩毙一样开心。

"再晒四五天，就能变成一堆好柴。"花匠突然在松树上对他说道。

"这家伙真够顽强的。"他答了一句，暗自思忖："对。这倔强的藤蔓之所以这么快枯萎，变得如此丑陋，正是将它养得如此粗壮的太阳的威力。"这根藤蔓告诉他一个古老的寓言。他甚至以为自己的意志——人的意志左右了自然的力量，或者说是他产生了一种自负，觉得作为人类的自己替自然实现了它的意志——虽然藤蔓长在这里，对大自然来说一点都不碍事。不管怎样，这个院子原本就是人工造出来的，终究还是需要人的打理。他茫然地想着这些。

可是，蔷薇会发生怎样的变化呢？会开花吗？他满怀期待，站起身走了过去想看一下蔷薇。但是，除了耀眼的阳光照在它们身上，让人充满期待外，一切都与以前没有什么不同——今天早晨他就看过，明明应该是知道的。

就这样，几天过去了。蔷薇被完全遗忘了。又几天过去了。

自然的景物静静地改变，由夏入秋。他将这一切清晰地看在眼中。

1　此处与前文废园的描写呼应，见前文。

夜晚最早迎来了秋天。蝈蝈、秋蝉等各种虫子开始鸣叫起来，或在草地上，或在书桌前，或在他的床下。田园新秋欢快的预感，让村子里的人们开心起来：男青年迈着矫健的步子，在凉爽的夜风中走十几里路去寻找心爱的姑娘；有人正在练习打太鼓，为村里即将举办的祭祀做准备，简单的乐器发出刚劲有力的声音，沿着草地传到他的窗边，直到深夜。有个返乡探亲的女学生——是 Y 市师范学校的学生，也是这个村子里唯一的女学生——在夏天即将结束的时候，终于和他的妻子成了朋友，可是很快又抛下他的妻子，高高兴兴地回到学校所在的都市去了。

自从搬到这个家里，他的狂躁情绪慢慢消失了。在秋日将近的今天，他的心情也自然变得平静了。他发现自己能够像青草、树木、风和云一样敏感地感知自然的影响，这让他感到高兴甚至引以为豪。夜晚的灯光是令人怀念的事物之一。在他这样身心俱疲的人眼中，那令人怀念的灯光就是柔和的油灯之光，温和优雅。他花了二十几个铜板从一个走街串巷的商贩手中买了一盏油灯。纸糊的灯罩只花了一个铜板。但是，透过那油灯的玻璃壶，里面的煤油就像琥珀一样漂亮，有时又变成淡紫色，让人联想起紫水晶。他原本想读一下圣弗朗西斯[1]的传记，可很快便厌倦了。现在在他的体内，所谓的耐心已经荡然无存。无论开始读哪本书，他都觉得一样无聊。想到人们竟然会对这种无聊的书籍感到如此满意，他便觉得不可思议。他觉得一定有某种东西，将人类，将他自己，将世间所有的一切卷入

1　圣弗朗西斯（1510—1572）：意大利著名修道士。

与这个世界的构造完全不同的另外一个世界，或者只是让眼前的这个邋遢陈腐的旧世界焕然一新，又或者将其完全颠覆，将其粉碎。肯定有那样一种东西，无论什么都行，但一定是一种美好的东西。他经常茫然地这样想。当真"日光之下，再无新事"[1]了吗？若是如此，世间的人们又是以什么为精神支柱活下去的呢？难道他们精力旺盛地活着，仅仅是因为他们各自在自己的愚蠢之上得意扬扬地构建起空洞无物的梦想，却没有意识到那根本就是一种没有任何内容的梦？无论是聪明人还是傻子，无论是哲学家还是商人，都是如此。所谓的人生，真的有生的价值吗？所谓的死，又真的有死的价值么？他每天晚上都在思考这些。无论何时何处，只要有这种无比沉闷、困乏的无聊扎根在内心深处，他的眼睛所看到的世界万物便自然都是无聊的。他知道，要想在这个陈旧的世界开始崭新的生活，唯一的方法便是改变自己的心情。然而，要怎样做，通过怎样的方法才能让自己从这种状态中解脱出来，开始崭新的生活呢？他父亲含着怒火的信中提到的所谓"大勇猛心"，究竟是指什么呢？从哪里能找来这种"大勇猛心"移植到他的心中呢？又如何让他的内心振奋起来呢？所有这一切，他都不得而知。所以，无论是在乡村，还是在都市，人世间根本都没有能让他安心的乐园，哪里都没有。

要不干脆就说："只有照着造物主上帝的旨意……"？但是他的心并未完全破碎，只是萎靡不振而已……他倾听着鼓声，想象着一群朝气蓬勃的年轻人围在大鼓旁击鼓的样子，脸上露出羡慕的

1　日光之下，并无新事：出自《圣经·旧约·传道书》1：9，原句为"已有的事，后必再有。已行的事，后必再行。日光之下，并无新事。"

神色。

　　他的书桌上摆着读也不读、读也不懂的书籍。他偶尔会翻开书，书页上的文字入眼却从不入心。他有时又会拿出笨重的词典，尽可能地从中查找一些生僻的字词。词汇与词汇聚在一起，组成一个有机物，也就是所谓的文章。现在身心疲惫的他已经无法阅读这种文章了，与之相反，每一个词汇却能唤起他无限的遐想。有时他甚至感觉就像看到了它们的灵魂，即所谓的"言灵"[1]。此时他便觉得，语言这种东西真是一种难以名状的神秘之物，有一种深邃又神秘的性质。这些语言本身已成为人类生活的一个片段。它们的集合体本身不就是一个世界吗？最初发明这些词的人们当时各自的心情，神奇地留在其中，令人倍感亲切。哪怕仅仅创造了一个将被所有人在日常生活中永远使用的新词，创造者便会获得永生……对，对，要更清楚地认识到这一点……他隐约地感觉到这些事，甚至模糊地联想到人类试图将自己的某种心情准确地传递给其他同伴的不可思议的神奇欲望和理智。不想读文字的时候，他便通过浏览词典中那些细致的插画，了解到很多他不曾见过也不曾想象过的鱼类、兽类、花草树木、昆虫、家庭器具、武器或自古以来用于惩毙死囚的刑具，船、船帆的各种悬挂方法、建筑的细节等。他为此很高兴。词典中记载了这些器具的各种形状、动植物蕴含的各种暗示。他感到，人类发明的各种东西，就像文字的言灵一样，其中充满了人类的思想、生活的片段和各种想象——虽然那只是极为碎片化的。他的内心当

1　言灵：古代日本人相信万物有灵，认为语言文字也是有灵魂的，并相信语言文字中蕴藏着一种神秘的力量，会使事物朝着语言文字本身所描述的那样发展。

时也只有这种碎片化思考的能力。

到了深夜，他在如此感怀之后有时会写一些诗歌之类的东西。当天晚上，他自认为那是非常优秀的诗句，但第二天早晨醒来看到稿纸时，便觉得那些诗句不过是毫无意义的文字罗列罢了。这是最令人吃惊的——突然浮现出一个想法，仿佛就在眼前，可当他伸手想要捕捉那个想法的时候，却发现什么都没有，或者是以为自己捕捉到了，却发现不过是扑了个空。那感觉就好比在梦中拥抱情人。每当此时，他都会感到焦躁，同时产生一种不安，就像以为听到有人叫自己的名字，回过头去却看不到一个人影。

他又开始画起家的平面图。有时他会想象像迷宫一样复杂的户型结构，有时却又会想象家里只有一个房间，就像科西嘉岛[1]上的房子那样，厨房和客厅都在一起。他几乎每天晚上都在笔记本上描绘那房子的外观、户型或窗子的细节。最后，白纸全都用光了，只剩下一块方约一寸的余白，成了最宝贵的地方。各种组合的几条直线，又将那块宝贵的余白塞满。一条条没有意义的直线勾勒出他的无限遐想。此时的他，简直就像在被隔离囚禁时专心致志地描绘蔓草花纹的疯狂画家。

于是，他又开始郁郁寡欢了，而且一连持续了好几天。

一天晚上，啪的一声，有个东西朝他的纸灯罩飞了过来。

仔细一看，原来是一只蚂蚱。那只清爽的青绿色虫子停在油灯

---

1 科西嘉岛：地中海第四大岛，属法国领土，对法国本土而言是偏僻的乡村。

44

的纸灯罩上。在灯光的照耀下，它身体的边缘泛起红晕。红色和绿色的鲜明对比首先吸引了他的目光，而它的样子和动作则慢慢地引起了他更大的兴趣。虫子长着长长的触角，足有它身体的一半长。青绿色的虫子慢慢地扭动着身体上方的触角，在油灯圆形灯罩的红色区域绕行。他甚至觉得，它就像沿着圆形庭院的外墙漫步的人，忸怩作态地迈着步子。这只细长而优雅的青绿色小虫纤嫩的后背上有一个隆起，唯独那里呈现出红褐色。据说松尾桃青[1]得知萤火虫的脖子其实是红色的之后，不由得吟起诗来。此时，他也总算理解了松尾桃青当时的心情。虫子在那圆形的区域绕着圈儿爬着。有时它又突然叫着，轻盈地飞到墙壁的横木上，跳到纸拉门的格子上或者凌乱的书架上，又或停在他妻子的蚊帐上（夜太深了，他的妻子见他不知究竟何时才会入睡，便独自睡下，不再管他了）。有位诗人曾经如此吟咏云雀："未必只有生而为人才是幸福。"[2]有一次，他也冒出同样的想法，心想："若有来生，变成这样一只小虫也挺好"。他一边这样想，一边看着虫子，突然想象薄翅蜉蝣停在大礼帽上的情景，想象着那里是一个小小的世界，那背负着透明大翅膀的小虫宛若喘息着的娇弱女孩，看似柔弱却又分明地停在漆黑发亮且形状怪异的帽棱上，沿着那棱角的表面慢慢地向前爬行……明亮的灯光

<hr>

1　松尾桃青：即江户时代著名俳句诗人松尾芭蕉，后世将其称为俳圣。他的诗歌创作深受老庄思想和杜甫、白居易、苏东坡等人作品的影响。此处提到的俳句出自其代表作《俳谐七部集》，原诗拙译为"白天看到萤火虫，脖颈竟通红"。
2　据讲谈社1966年版《佐藤春夫全集》（第二卷）牛山百合子校注，这句话的出处是《古董》所收《饿鬼》，此处所说的诗人为小泉八云。小泉八云（1850—1904），原名为拉夫卡迪奥·赫恩（Lafcadio Hearn），后加入日本国籍，是早期用英文介绍日本文化的西方人之一，代表作有《怪谈》等。

悄无声息地从上面照耀着它……他突然抬起眼睛看了一下灯光。那不是电灯，而是油灯的灯光——他将那油灯的光与自己的幻想混同在一起，竟以为自己置身于电灯下了。

他自己也不知道自己为何会突然想到薄翅蜉蝣与大礼帽这样的对比。不过，像这种奇妙、纤细、微小到无用的美的世界，让他莫名地感到格外亲切。

蚂蚱每天晚上都来造访他的灯罩。起初，他不知道这虫子为何如此迷恋油灯的灯光，不知道它围着灯罩转圈儿有何意义。但是，看着看着就很快明白了，这绝不是那虫子的兴趣或嗜好，它飞到这里来，是为了猎食聚集在这里的其他小虫子。这些虫子很小很小，简直就像将夏天的自然的碎片磨成了粉末状，是青绿色的。蚂蚱用它细长的脚将那些虫子拨拢过来，放进自己嘴里。蚂蚱的嘴就像某种精巧的钢制器械的机关，啪的一下打开，然后又四面同时合拢。这里的一层小虫子任由强者大口大口地吃掉，它们实在太渺小了，而且一点都不可亲，甚至人们看到它们被吞食时，都不会为它们生起任何悲悯之情。用手指轻轻地按一下，这些小小的虫子都会消失不见，仅留下一些青褐色的斑点。

不知道在哪里发生了什么，一天晚上，蚂蚱丢了一条用来跳跃的长腿，飞了过来，其中一根长长的触角也折断了，变得短短的。

终于，又一天晚上，猫没有听从主人的喝止，捉住与他主人夜夜相伴的朋友——这只可怜的虫子，尽情玩弄了一番后，将它吃掉了。他想起自己曾想过若有来生变成这样一只小虫也好，便开始思考这小虫的生活，觉得这小虫或许也未必总是那样悠闲自在。

当他这样沉浸在童话般的幻想中，为之陶醉并仔细品味时，他的妻子正静静地听着蟋蟀的叫声，沉浸在另外一个童话里。——她由蟋蟀的歌声联想到冬天衣物的准备，想到那连猫跳上去都会晃动的空荡荡的衣柜，想到她那些不在身边的漂亮衣服。那些衣服的条纹、图案和色彩都清晰地浮现在眼前。然后，她又开始追忆那每一件衣服的历史，回忆中偶尔发出几声深深的叹息，有时又流下眼泪。她以女人特有的主观臆断将她的玩具[1]的人生苦难当成人生中最大的受难。然而她唯有悲声叹息，却无处倾诉衷肠。即便现在将这些心思告诉丈夫，他也不以为意，不过会跟她说些"似乎一无所有，却是样样都有的"[2]的话。丈夫随心所欲地生活，在象牙塔中做着迷梦，却自以为看透了他其实根本未曾见过的人生真实。也难怪妻子会觉得这样的丈夫有些靠不住。她有时就像做梦一样回忆来到这山村的自己、短暂的人生经历和自己的命运。有时，她还会想起当年那些技艺上的竞争对手，她们现在仍坚持在舞台上表演（她曾经是个演员）。想想自己现在的处境，便不由得对她们羡慕不已……从这里到 N 山中的小停车场有八公里，到有公共马车的停车站有六公里，无论利用哪种交通方式，都要再转乘铁道院的电车，还有一个小时的车程。虽然从这里到东京的直线距离只有二十几公里，但到东京无论如何都要花上半天时间……于是，她不由得开始怨恨起丈夫来，不知他究竟是有什么样的远大理想才提出到这种乡下地方来

1　玩具：此处指那些不在身边的衣服。
2　似乎一无所有，却是样样都有的：出自《圣经·新约·哥林多后书》6:10，原文是"似乎忧愁，却是常常快乐的；似乎贫穷，却是叫许多人富足的；似乎一无所有，却是样样都有的。"

住，也怨恨自己不该轻易答应他的提议，前者尤其可恨。远在天边的东京……近在咫尺的东京……近在咫尺的东京……远在天边的东京……东京大街上的弧光灯、商品展示窗、马上就要迎来演出季的剧场的走廊、后台的化妆间等，这些情景一一浮现在正要入睡的她的眼前。

连日来，每天傍晚都有晚霞，不过已经不像两三个星期前那样绚烂通红，而是只有表面是鲜红色的，里面似乎隐藏着一种亮黄色。这种晚霞并非向人们宣示明日的酷暑，而是在许诺翌日的晴爽。富士山从不远处的一座山丘的凹部伸出雪白的脑袋，在西北方的天空中展现出清晰的轮廓，在夕阳中闪耀着光芒。这座家喻户晓以至于俗不可耐的大山，由于只露出很小的一部分，才得以保住它原本的美。与西方的地平线相接的那灰黑色的一排东西也终于露出它的本来面目，这些日子它们被层层叠叠的暮云遮挡。他原以为那是云的一部分或是大山，现在看来其实是远方连绵的群山。每当像这样抬头遥望晚霞时，一种平庸的悔恨之情便强烈地涌上心头，觉得今天又虚度了一天光阴。大概是色彩诱发的感动以这种方式刺激了他生病的心。低头一看，脚底的渠水映着晚霞，变成一条红色的粗线闪着光，从他驻足的土桥下流过。

风在农田中描绘自己的身影，慢慢地向前蠕动，形成海岸一般的曲线。那是凉爽宜人的晚风。稻田还没有泛黄，但稻花已经结出了稻粒。所以，蝗虫在那微微垂下的稻穗之间逐渐生了出来。田垄上散落着一些又红又圆的蛇莓种子，蝗虫偶尔从脚下飞起。这时，

48

陪他散步的两只狗眼疾爪快，用前腿把蝗虫压在地上，津津有味地将半死不活的蝗虫吃掉。在找蝗虫方面，一只比另外一只更加灵巧。其中一只好像比较容易放弃逃走的猎物，而另外一只则对逃走的蝗虫紧追不舍，甚至追到稻田里，不惜将脚踩进泥里。仔细观察才发现它们的性格也各不相同。这个发现让他觉得有趣，也让他更爱它们了。稻穗向下弯得更厉害了，蝗虫的数量也突增许多。狗走在前面，就像在为他领路，每天把他带向农田。有时，他看到眼前的蝗虫，也想捉来给它们吃。他张开五指，试图用手按住蝗虫。狗看到主人的这种架势，似乎明白了主人的意图，自己不再捉蝗虫，而是用眼睛盯着主人的手势，等着主人为他们捕捉猎物。但是，他一般要试五次才能捉住一次，有时只是薅下来一条断腿。他捉蝗虫的能力比那只笨拙的狗还要差很多。即便如此，狗似乎仍旧相信主人比它们厉害，信任它们的主人。所以，当他没有捉住蝗虫，打开空无一物的手掌时，狗便一脸吃惊地看看主人的手掌，又看看主人的脸，不约而同地歪着脑袋，然后微微地咧一下嘴角，睁大眼睛，可怜巴巴地看着他的脸，仿佛对主人的失败感到吃惊与失望，同时又没来由地向主人谄媚。狗的表情真是太丰富了！虽然它们的期待几次三番都落了空，但它们似乎仍旧坚信主人捉虫子的能力比它们更强。每当它们看到主人拉开架势，做出捉虫子的姿势，它们就会放弃自己几乎已经到手的虫子，盯着他，等待他的成果。他看着失望的狗，用空空的手掌轻轻地抚摸它们的脑袋。狗喜欢被主人这样抚摸，开心地摇着尾巴。自己无法回报两只狗无知的信任这件事，让他感到莫名的伤感。他觉得背叛这两个虔诚的皈依者的期望，比背叛人类同类的期望，更令他难过许多倍。他不忍看到它们用那种清澈的眼神盯着自己，最后只好努力忍住那种近乎条件反射似的动作，小心叮嘱自己不要一看到虫子就想伸手去捉。

他曾经剪掉蔷薇花上空繁茂的树枝，经过他亲自打理，蔷薇终于享受到阳光的照耀。才过了一个星期，摆脱了阴影的蔷薇枝条上已经陆续长出泛红的嫩芽。又过了两三天，太阳以其惊人的威力，让那嫩芽长成了新叶。但是，他虽然每天来井边洗脸，却在无意间把蔷薇花的事完全遗忘了。

不曾想，在为那蔷薇花清理了环境后不到二十天的一个早晨，他偶然发现翠绿的枝干上长出一条新枝，而那条新枝上开着一朵鲜红的蔷薇花，长在高处，只有一朵。"经历了这一年漫长的牢狱般的生活，现在终于又迎来了美好的五月啊！"在这花木即将凋零的时节，不合时宜地绽放出来的花朵，他仿佛欣喜地长出了一口气，环视了一下四周，这样说道。

将近秋日的阳光集中照在它身上。啊，蔷薇花，他自己的花。"若为蔷薇必开花。"他不由得又想起自己那天为蔷薇清理环境的心情。他高高地伸出手，抓住那根花枝，上面长着柔软的刺，颜色如鲜艳的石竹。他轻轻地握住花枝，像婴儿的指甲一样的花刺轻轻地刺了一下他的手，感觉就像被撒娇的爱猫轻轻地咬到手指，有点痒痒的。他弯下花枝，拉到自己身边。啊，那唯一的花，恰如银莲花一般大小，层层叠叠的花瓣比山樱的还要小。与其说是养在院子里的花，不如说更像路边的野花。这小小的、可怜的、畸形的花朵比少年的红唇还要鲜艳，仍具有蔷薇特有的气质，显示出楚楚可怜的风情。当他把鼻子凑过去，发现竟然还有花香的时候，心中产生了一种无可名状的感动。一种悲喜难辨的情绪涌上心头，让他感到难受——就像看到无知的狗瞪着清澈的眼睛抬头看着自己时的心情，甚至比那更加强烈。这就像当年遇到一个小姑娘，完全出于好奇对她百般好，而今却早就忘了她的存在，多年之后偶然重逢，听到那个姑娘对自己说："一直以来我都在思念你。"这种感觉就好比听到姑娘的那句话时一样。这种莫名的感动甚至让他浑身颤抖。他不由得眨了眨眼睛，眼前那小小的红色蔷薇花突然变得模糊起来，眼角不知不觉地流出了泪水。

泪水流出来后，感动马上就消失了，但他手中仍握着花枝，茫然地伫立在那里。泪痕干了，脸颊变得有些僵硬。他凝视着自己的内心，倾听几个不同的自己在内心的对话，就像在听别人说话一样。

"真丢脸。我竟然像诗人一样感动落泪呢。是为花，还是为自己的幻想？"

"呵呵，这位年轻的隐士，难道您在这乡下地方渴望着人性？"

"哎呀，我这是严重的疑病症[1]啊。"

一天夜里，院子里的树发出沙沙的响声，向外一看，原来外面下起了小雨。雨静静地落在田野、山丘和树上，就像从它们身上生起的白烟。初秋的小雨淅淅沥沥，在茅草屋檐下面，既听不到它来时的脚步声，也听不到它滴落的声音。只不过它让屋里的空气变得

---

1 疑病症：疑病性精神症，指患者怀疑自己得了一种或多种严重的躯体疾病，也是抑郁症的一种表现。

湿润，让灯光变得更加柔和。他置身其中，端坐在那里，心中产生一丝旅愁般的思绪。这秋雨本身也像一个远行的寂寞旅人，行经这个村子的上空。他一边拉下夜里的雨窗，一边凝望烟雨远去的背影。

这样的雨从村子里经过了两三次。猫受不了傍晚的冷风，蹭到主人身边。他只带来一些单衣，也有些冷得打战了。

一天傍晚下起的雨，到了第二天天明也没有停。两天、三天过去了，雨依然下个不停。起初还怀着某种情调享受着这雨的他，也终于厌倦了这阴郁的天气。即便如此，雨还是下个不停。

狗身上长了跳蚤。两只狗互相在对方的背上或者尾巴尖儿上捉跳蚤，样子惹人怜爱。他温柔地看着它们的样子，但是，狗身上的跳蚤不知什么时候也传染给了他。于是，他每天晚上都开始被跳蚤折磨。跳蚤慢吞吞地在他身上画着细细的线条，爬来爬去。

因为缺乏运动，原本暂时忘掉的慢性胃病让他的身体首先抑郁起来，不久又让他的心也抑郁起来。每天一成不变的饮食让他变得食欲不振。他不由得觉得每天吃下去的食物会让他的血液腐败变质。就连狗都厌倦了现在的食物，它们只把鼻尖凑到食盆上闻一闻，就再也不看一眼。但是，在这件事上，他不应责怪妻子，因为这个村子里的食物只有这些。

他的单衫变得软塌塌的，贴在身子上。脚心都是油汗，黏腻腻的。坐下的时候，脚底的汗水和奇怪的温度传到臀部。跳蚤喜欢聚在这里。感觉头发里也有跳蚤，想梳一下头发，那又冷又湿的头发许久没剪，紧紧地缠住梳子，把梳子弄断了。想沐浴，洗一洗像跳蚤窝一样的身体，清爽一下，可家里却没有浴桶。附近的农民家里，晴天的时候每天都要烧洗澡水。但他们说，最近几天下雨，不用下地干农活，所以没有必要费力去打水洗澡。还有的人家一大早就什么也不吃，什么也不做，一天到晚呼呼大睡。

猫每天出门，用湿漉漉的身体和沾满泥的脚把家里弄得乱糟糟的。不仅如此，有一天，它甚至还叼回来一只青蛙。之后，它每天都叼回几只因天气冷而变迟钝的青蛙。妻子夸张地发出惊叫，吓得四处逃窜。不管怎么骂它，它都要把青蛙运回家，而妻子也总是发出惊叫。青蛙经常翻起白肚皮，仰面朝天死在地板上。猫似乎把家里当成了荒野。于是，家里就真的变得与荒野无异了。

一天，家里的两只狗偷吃邻家的鸡，被那家人的长工看见，遭到一通暴打。他的妻子去邻居家道歉。财主的婆娘不曾学过委婉的语言，一脸不高兴："拜托以后把您家的狗拴好。要是想让它运动运动，你们就牵着它。反正你们天天在家闲着也是闲着。总到我家来拉屎，地里也遭殃，大晚上还叫，吵死人了，孩子总被吵醒。这还不算。一个礼拜前刚开始下蛋的好母鸡也让它吃了，真是受不了。您家这狗啊，简直跟狼似的。要是它再敢上我家来，就别怪咱们不客气，看我们不打死它。我家里还有很多鸡呢。"让财主婆娘激愤的好像不仅仅是家里的鸡被吃了，还有很多别的事。她冲着那狗歇斯底里地骂了起来，声音也传到了坐在家里的他的耳朵里。这个半老的财主婆说这狗的主人不像其他的村民那样尊重她，早就对他感到非常不满，心中不快了。最奇特的是，她看到这对夫妻什么农活也不干，便推测自己的新邻居过着非常奢侈的生活。因为这件事儿，正在长身体的两只狗只好被主人用锁链拴上了。开始的几天，他自己带狗出去散步。一个人牵着两只狗很难，而且还要打伞，道路又泥泞。"反正你们天天在家闲着。想让它运动运动，就自己牵着……"他走在路上，想起财主婆的这些话，脸上露出悲伤的苦笑。两只幼年大型犬只走上五百六米是根本不够的，而且它们不喜欢普通的大路，唯独喜欢那种积水没过脚踝的田间小道。它们活力四射，使劲儿拽着绳子，拉着他踉踉跄跄地朝田间小路的方向走。尤其是具有格斗犬性格的那只，力气尤其大。他感觉邻家的财主婆肯定在家里看着这一切。真的也有过这样的时候，因缺乏运动而发脾气的两只狗被拴住，到了傍晚，给它们饭也就只吃上一口，便看都不再看一眼，长吠起来，声音凄凉，好像在惧怕什么，又仿佛在诉说什么。它们的声音穿过烟雨蒙蒙的空间，飞向对面的山丘，然后又变成沉闷的回声返回来。狗不知道那是自己的声音，愈发大声地叫起来，回应大山的回声。这次的声音又传到大山那边，于是狗的远吠经久不息。他想安抚一下两只狗，唤一下它们的名字，可是狗害怕极了，甚至都害怕起它们的主人，一副怯生生的样子。没有办法，他只好任狗继续吠。那忧伤刺耳的叫声扎入他的心中，他的心脏开始剧烈跳动，心悸般的感觉压迫着胸口。每当这样的傍晚，狗就要凄惨地吠上很久。邻家就会传来孩子的大声叫骂："这狗怎么那么讨厌呢！"他知道这是财主婆故意让女儿喊给他听的，于是他又开始恼起这个难缠的女人来。猫也不让人省心，仍旧不停地把青蛙叼回家，到了傍晚，就慢慢悠悠地用沾满泥的爪子在地板上来回走，他有时会猛地踢它一脚。木柴因连日的阴雨变得潮湿，怎么也烧不着，迎着风，不怀好意地冒着浓烟，飘进起居室，充斥天花板的下方。白天狗不吠的时候，邻居财主家的鸡又叫起来，好多鸡咯嗒嗒、咯嗒嗒地齐声叫上一个小时，简直要把人气死才算完。一天，一只鸡不小心跑到他的家里来，看到狗被拴着，母鸡们便一副得意的样子，成群结队地闯进他家的院子，然后不紧不慢地捡食狗吃饭时洒落的饭粒。狗生气了，做出要追的样子。鸡就稍微向后退一下。狗生气地大声吠叫，但鸡一点都不怕。想要跑起来赶走那些侵略者的狗被主人用锁链拴住了脖子，越是着急，脖子就缠得越紧。有时挣扎到最后，锁链纠缠在一起，两只都动弹不得。于是，它们叫着求救。他走进雨中，想解开缠成一团的锁链。狗高兴地将沾满泥土的前腿搭在他的身上。因为狗总是乱动，锁链缠得更紧了，他干着急却怎么也解不开。最后，狗尖叫起来。一度被赶走的鸡又放了心，一副若无其事的样子，其间甚至跑到套廊上来，拉上像污水一样的鸡粪。摊开手赶一下它们，它们就会夸张地大声叫起来，仿佛在向它们那坏心眼儿的女主人告状。他不禁觉得它们过来就是为了揶揄他的。那个女主人站在墙根下看着这情形，却故意装作不知情。他妻子看到后，就想指桑骂槐地骂一下那些鸡，但却被他阻止了。他并非觉得那样不好，只是因为胆小懦弱，不敢那样做罢了，他的心里其实比妻子更加愤慨。另外一个邻居家有两个女孩，浑身脏兮兮的，还背着一个婴儿。她们因为下雨找不到玩的地方，便来到他家里，脚和衣服比猫还脏，背上的婴儿一直哭个不停。而且，她们无论看到什么都想要。最大的那个孩子十三岁，叫阿桑，已经展现出女孩特有的本性，叽叽喳喳地跟他的妻子说一些财主婆的坏话，或者唠一些家常。他们经常到这几个孩子家里洗澡，所以妻子说不便赶她们走。其实他的妻子只是想找个能说话聊天的人，哪怕对方只是孩子。但即便如此，妻子也好像有些厌烦了。"你们快回家吧。"妻子说。孩子们便说："不要。家里大家都在睡觉，关着门，漆黑漆黑的。俺爹娘让俺们到前头那家玩。""前头那家"好像就是指他家。他觉得家里有跳蚤，不光是因为狗和猫的缘故，这些孩子肯定也带来了一些。他虽然着急，但因为生性懦弱，不敢对外人发一句牢骚，哪怕是对这种小孩也不例外。但他的妻子却不介意，好像根本一点都不在乎，一会儿让她们去买点豆腐，一会儿又说家里没糖了，不停地支使孩子出去帮她做事。他看到这样子，反而焦躁不安，大声责骂妻子。

去这几个孩子们家里洗澡时，有个大概七十多岁的老婆婆，瞎眼又耳背，一边为他烧洗澡水，一边不停地向他打听东京的事。说是东京，不如说是江户[1]更准确一些。"往事如烟"（这句像屠格涅夫小说里的句子，是老婆婆亲口说的），老婆婆东一句西一句地说起她在江户一个大人的府上当丫头时的往事。她说原本那位大人要去甲府[2]做官的，可都让维新给闹的，老爷官也没做成。她还说那年收成真的不好，连山王祭[3]都没有办成。就像这样，她向他打听着她眼睛还看得见时的江户。她说自己是因为维新才回了乡下，可她并不知道维新到底是什么。"当时还以为要天翻地覆了呢，没想到啥都没变。既然这样，还闹那么大的乱子做啥……"她小声嘟囔着。

1　江户：东京的旧称，1603 年德川幕府建立后成为日本的政治中心，明治维新后改称东京。
2　甲府：曾为日本战国武将武田信玄的领地，现为日本山梨县，1903 年开通了从八王子到甲府的铁路。
3　山王祭：东京的日枝神社举办的祭祀活动，与神田祭、深川祭并称江户三大祭，至今已有一千六百年的历史，是东京地区代表性的文化活动之一。

东京通了电车，建成了公园，但她对这样的东京没有任何概念，她只是不停地问江户的事。她的问题，他完全都答不上来。见他对江户一无所知，她又说起自己当丫头时主人家如何兴旺，可现在的主人——也就是当年老太爷的儿子是如何无能，说他不但不会治家，还吝啬得很，邻里关系也处得很不好。然后，她又突然说什么孩子们经常到府上打扰，问起他是做什么营生的，没完没了地问些无聊的琐事，还要求他一一作答，答案还要和她的问题一样长。他原本便不善言辞，根本不知道该如何回答。这老婆婆耳朵又背，即便回答，她也根本听不清。他真想吼她一句："无聊透顶。别人的事与我何干。"虽然到最后他也没听懂老婆婆的那些话到底是什么意思，但这已足以让他焦躁不安了。而且，她抬着头，面带央求的神色（几乎是死相，那表情还没有狗的表情的一半丰富），用五六十岁时就已经完全失明——她刚刚说过——的双眼仰视着他、盯着他。烧洗澡水的大锅下面，火熊熊燃烧起来，猛地照到老太婆的驼背上。老太婆在空旷的农家院里，拿着长长的木柴，身影在杂物堆放处的阴暗中清晰地浮现，样子就像低声念着咒语的老妖婆。他从洗澡间里逃出来，夜风吹拂着刚洗完澡的肌肤，凉爽宜人。回到家里，看到妻子正在灯罩熏黑的油灯下看着信——好像是她老家的母亲寄来的。她似乎不愿让他看到，慌忙把信收了起来。她一脸忧郁，抬着头，紧紧地盯着他，眼中闪着泪花，似乎要将叹息吹在他的脸上。那样子，像是恐吓，又像是哀求。那封信，不用看他也知道写的什么——肯定是对她们来说很重要，而对自己却无关紧要的事。她们一定是在互相倾诉自己的困境……此外，还有一个女人经常到他家来诉苦。

她叫阿绢，年近四十，就是他们搬过来的时候给他们带路、帮着他们搬家的那个女人。因为这个因缘，她后来经常到他家来串门。阿绢一说起自己的身世就要抹眼泪。她命运多舛，是流落到这个村子的。他起初只是出于好奇听她讲了一下身世，之后她总是不厌其烦地重复她的故事。到了后来，只要一看到阿绢，他就气不打一处来。更不可思议的是，只要一看到阿绢那张脸，他的胃就开始隐隐作痛。

地板下面传来铁链子的声响。狗遭到跳蚤的攻击，想把它们赶走，使劲摇晃身子，每摇晃一下，锁链便发出嘎啦嘎啦的响声。比起阿绢不幸的身世，他更同情为跳蚤所扰的狗。这时，他感觉自己的后背、侧腹、领口和头发里都有无数只跳蚤骚动起来……

每天傍晚，他都举目遥望苍穹，盼着雨早点停。不知为何，一到傍晚，他都会这样抬头仰望天空，环视一下天空，在天上寻觅星星的踪影。然而天空阴云密布，根本看不到一颗星星，田野依然是雾蒙蒙的一片。

单调的琐事以各种形式排列组合，日复一日机械地重复着。这些事与他的身体、精神结合，悉数化为忧郁厌世的情绪。雨一直下个不停，到今天已经不知道下了多少天了。五天还是十天？两周还是一周？他都不知道。每天都一样：单调、苦闷、漫长。啊，对！现在的生活就和长在院子里井边的那些蔷薇一模一样，每天都见不到阳光。五月过去了，八月也已过半，蔷薇都还没有长出一片绿叶，只有纤细的枝条像蔓草一样柔弱地伸长。他又想起了蔷薇——不仅想起了蔷薇本身，还以自己现在的生活状态揣测蔷薇当时的苦闷，就像这样，每天坐在书桌前……

说到蔷薇，那诱人流泪的蔷薇花——真的曾让他留下泪水的那蔷薇开出一朵畸形的小花后，每天都会绽放出新的花朵，开得越来越灿烂。可是，因这连绵的阴雨，花瓣变得像纸片一样皱巴巴、湿漉漉的，最后破碎了。破碎着，继续绽放。

在这样的日子里，唯有深夜能为他带来些许慰藉与宁静。只有鸡不出来的夜晚，他才能为狗打开锁链。他躺在床上，想象着两只狗在田垄间欢蹦乱跳的样子，心情就变得舒畅。

但是，一天晚上，屋外有个人在叫门。当时正坐在书桌前沉思的他打开套廊的门，看到绿篱和小溪外的路上有个男子的黑影。那个陌生男子一副盛气凌人的样子，冲他大呼小叫。也许是巡警吧，他心想。

"这是你家的狗吧。"

"对啊，怎么啦？"

"我害怕，不敢过去。"

这个世界上，恐怕再也没有什么地方的人比这里的村民更怕狗了，他想。一个村民解释说，因为这附近有很多疯狗，而且这两条狗当中有一只是纯种日本犬。

"没关系。它们虽然样子可怕，但其实挺乖的。"

"啥没关系啊！吓死我了，根本不敢过去。"

"它们不是疯狗。你瞧，它们连叫都不叫啊。"

"养狗的人当然不怕，不养狗的人就不一样啦。赶紧出来把它们拴上。"

这个陌生人仗着自己站在黑暗里，别人看不到他的脸，说话才如此蛮横。想到这里，他便气不打一处来。他猛地抄起身边的一根拐杖，也不打伞，就朝路边跑去。外面不过下着毛毛细雨。那个陌生人依然没完没了地发着牢骚，坚持说："你得把这狗拴起来，要不我不敢过去。"这人如此怕狗，让人不禁感到可笑；与此同时，又这样冲人逞威风，也让人觉得十分可笑。"这只狗很温顺的，还是幼犬，喜欢跟人亲，所以看到有人路过就会扑上去。"他为他的狗辩护。在他眼中，自家的狗现在就是无辜的老百姓，而那个男人就是暴君，他则是义士。他觉得男人说的每一句话都不可理喻，便冲他破口大骂起来。他的妻子不知道发生了什么事，来到套廊上，看到这种情形便一个劲儿地向那行人道歉。这让他愈发生气起来。

"闭嘴，懦弱！没必要道歉。咱家的狗没有错，是他太胆小了。又不是小孩子或小偷，还怕狗……"

"什么？你竟然说我是小偷？"

"我没说你是小偷。我只是说，看到这么温顺的狗冲自己摇尾巴，还这么害怕，简直跟小偷一副德行。"

他想将那个人痛打一顿。他们之间相隔十米左右，双方争执不下。这时，一盏灯笼靠近男人身边，先对那男人说了什么，然后朝他走来。"他们是一伙的。"他脑海中闪过一个念头，"若他胆敢过来……"他握紧拐杖，摆好了架势。

"请您别跟我家老爷子一般见识，他刚喝了点酒。"

这个提着灯笼的男人反而向他道歉。他听说对方只是喝醉了，便突然觉得自己可笑起来。但是，他没有笑，心中涌起一种难以名状的感情。他举起那根摆好架势的拐杖，朝着在自己面前摇尾巴、一无所知的狗狠狠地打了下去。狗莫名其妙被主人猛地打了一棍子，汪汪地叫着逃回了家。没有挨打的那只狗也跟着逃了回去。他呆呆地在原地站了一会儿，然后咂了一下舌头，将拐杖猛地扔进了水渠里。两只狗看到他走进院子里来，发出低低的、悲切的叫声，向他倾诉委屈。他扔掉拐杖后，紧握的手掌心依然都是黏黏的汗水。

"走着瞧！看我不去找几个人把这狗打死！"醉汉扔下这样一句话，便跟那个打灯笼的年轻男子离开了。

醉汉丢下的这句话，从这天晚上便在他心中种下了担忧的种子。想到自家的狗真的有可能被村民打死，他便想起向他哭诉身世的那个胖女人曾对他说过的话："这个村子里，人们到了冬天就会宰狗吃，您可要小心。大家都开玩笑说，您家这两条狗年纪小，长得又肥，正适合宰了炖着吃呢。"

他越想越觉得自己扔掉的那根拐杖太可惜了。那根拐杖的把是银制的，上面雕着蔓草花纹。虽然算不上多么珍贵，可他却莫名地感到可惜。第二天，为了去寻找那根拐杖，他装作去遛狗的样子，沿着水渠向下游走了一公里多。原本清澈的渠水因为连绵的阴雨泛起了浑浊。到处都没有找到那根拐杖。这样丢掉拐杖的事，他连妻子也没有告诉，因为这事真的太丢脸了。

拐杖的事和醉汉留下的狠话让他总是忧心忡忡，有时连他自己都觉得可笑，当时还不如把那醉汉暴打一顿才好。有时他躺在床上，为已经过去的事懊悔不已。夜里把狗放出去，他也开始担心，唯恐狗在外面被人欺负。他焦躁地竖起耳朵，听到狗的惨叫便匆忙跑到套廊上，打开门吹一下口哨，狗便不知从何处跑回来。原来刚才发出惨叫声的是别人家的狗。可是，有时不管他怎样吹口哨，怎样唤它们的名字，它们都不回来，而且叫得愈发凄惨。这时，他就坐立不安。他的妻子起初并不当回事，只是安慰他说那不是自家的狗，或者说自己根本没有听到狗叫声。但是，因为他说个不停，这妄想症不知不觉也传染给了他的妻子。他们就像被诅咒的人一样战战兢兢的。油灯不知什么地方出了问题，火焰左右摇曳，发出滋啦滋啦的响声，不管怎么修也修不好。他凝视着油灯摇曳的焰心，仿佛看到自己不安的内心，越发焦躁不安了。一天晚上，他又听到非同一般的狗叫声，走到院子里一看，发现雷奥冲着他大叫，好像在紧急呼救。远处传来凄惨的叫声，是弗拉特？他跟在雷奥后面，循着那惨叫声，一边喊着"弗拉特、弗拉特"，一边寻找它所在的位置。不一会儿，弗拉特回来了，半张脸和身体上全都沾满了泥。肯定是被人按在泥地上殴打了。不知从什么地方传来人们胜利的笑声……那天晚上以后，他便只在夜里放开狗一两个小时，然后就再把他们拴上，而且拴在玄关附近的土间。若是拴在行人经过都能看到的院子的角落，那么即便拴上也会有危险。但是，狗知道主人唤它们是为了拴住它们，便怎么也不肯回来。即便回到家里，也是看着主人，在院子里到处乱窜，根本抓不住他们。用食物引诱，它们也不肯走到链子旁。某天晚上，长着粗壮的腿、坚硬的獠牙的格斗幼犬弗拉特咬断自己的锁链，而且为了从四面的墙壁脱身，在地板下面的土中挖开一个大窟窿。大半夜，它拖着庞大的身躯从洞里钻出去，拖着仍挂在脖子上的一半锁链，在泥泞的地上开心地撒欢。雷奥大声吠叫，一方面是为了告诉主人，另一方面也是为了解放自己。

有时候，白天他会反思自己晚上对狗的担忧，觉得那只是一种强迫症的表现。狗肯定也懂得如何保护自己……于是，他又开始羞愧，觉得自己没有必要总为那些微不足道的狗的事情忧心忡忡。可是，到了晚上，他又会开始担心："有人要偷我的狗！要杀我的狗！肯定如此。"现在，对他来说，狗已不仅仅是狗了，而是某种象征。爱，真的伴随着痛苦。拐杖的事他也始终难以忘怀，不为狗担忧的时候，那嵌着银制手把的拐杖便浮现在脑海中。躺在床上，脑海中常常浮现出这样的想象：因金属的重量导致头部稍微下沉的拐杖在浑浊的水渠中随着水流浮沉，流经某个地方，漂向无际的远方……

本以为雨小了些，可到了第二天，下得比之前更大了。过了一天，雨小了些，再过一天，又哗哗地下起来……这种间歇性的雨连绵不停……似乎永无停歇的那一天……下到他的身心都要腐烂……下到这个世界都要腐烂……

腐烂吧，所有的一切，
　　要腐烂就快腐烂……
任凭你们腐烂，
　　腐烂吧，腐烂……
你的头脑，
　　最先腐烂……
　　……
　　　　……

......

　　......

......

　　......

　　无声的合唱从屋外、从四面八方传来，带着一丝寒意，带着一点阴霾，在房子里飘荡。往外一看，那雨丝也跟上了它的旋律。无论是北面的窗，还是南面的窗，都无休止地重复着那忧伤的旋律，一遍又一遍……不知究竟何时才会停下，看不到一点希望……

　　这里有一座小山丘。

　　从他家的套廊上看过去，院子里松树和樱花树的枝条互相伸向对方，交缠在一起，中间形成一个穹隆形的空间，枝叶搭成一条拱形的曲线。绿篱顶端笔直的直线正好从下面将其托起，也就是说，它们形成一个绿色的框子——一个画框。在画框的最下面，可以远远地看到那座山丘。他已不记得是什么时候第一次看到那座山丘了。总之，他被那座山丘所吸引，深深地爱上了它。阴雨连绵的这段漫长日子里，每当他将抑郁的心灵之窗——眸子——从人生的苦闷转向外部时，都会看到那座山丘，尤其是透过院子里的树枝和树叶形成的那幅穹隆形的画框看时，那里便自成一个小天地，别有一番情趣。远近恰到好处，比现实更加梦幻，又比梦幻更加现实。雨雾时浓时淡，那山丘有时仿佛向前进了一步，有时仿佛向后退了几分，有时又像透过毛玻璃看到的风景那样朦胧。

那座山丘有些像女人的侧腹，无数曲线悠然起伏，优雅地朝四面八方延伸，推挤着形成一个立体的形状，完美地收进绿色的画框里，就像情节跌宕起伏但开头和大团圆的结尾却能完美呼应的故事，雍容美丽，丝毫不显局促，洋溢着一种古希腊雕塑所具有的娴静而又不失活泼的美。那山丘就像气质高贵、面带甜美微笑的女人的嘴角。山顶有一片杂木林，一棵棵树张开枝丫，就像人的手指指向天空。从他坐的地方看过去，大概也就只有一寸或五寸长，有时感觉有一寸长，有时又像有五寸。裸露的山丘就像人的额头，短发一样齐截截的树林长在山顶，就像美丽优雅的发际线。树林与天空相接的地方有些细微的起伏，包含着一种令人回味无穷的旋律。若仅仅如此又显得稍微有些单调，恰好树林主人家的茅草屋顶弥补了这个缺陷。像饱满的绿色天鹅绒一样的山丘侧腹部，几百根竖条规则地隔开一定的距离，呈弧状由上到下平行滑下来，描绘出清晰的细条纹，就像绿色斑纹玛瑙的断面。或许是杉树或者扁柏之类的苗床，但这些都无关紧要。让这山丘看起来如此富有艺术性和装饰性的，正是大自然中的那一丝人工色彩，就像树林中出现的屋檐，意外产生了最显著的效果。在这种情况下，已然无法区分何处是自然本身，何处是人工建造的了。人类在自然之上发挥作用的劳作，已完美地融入了自然。多么美啊！看到这样的景色，心中便生起一种温柔的怀念。这种地方就是他要安居的艺术世界……

"你盯着那边看什么呢？"

他的妻子问。

"嗯，看那座山丘。那座山丘啊。"

"那座山丘怎么啦？"

"没怎么……你不觉得很美吗？难以形容的美……"

"是啊，感觉就像和服一样。"

他的妻子觉得那座山丘就像穿着一件低调又不失华贵的盛装。

那是一幅仅仅用绿色绘出的单色画。但这幅单色画就像所有的单色画一样，几乎将无穷的色彩都融进了那唯一的颜色当中了，越是仔细看，便越是感觉那丰富的色彩喷薄而出。乍一看不过是绿色的一团，但每个部分的绿色都各不相同，千差万别，又织成一种难以更改的色调。就像一块绿色的玉，仅以其自身的绿色为基调，每个打磨的切面又呈现出各不相同的色彩和效果。

"透明的心！透明的心！"

山丘冲着他的眼睛喊。

前一天晚上，雨突然就停了。早晨，天还稍微有点阴。快到正午的时候，天空的深处甚至出现了一团蛋黄色——那是透过云层出现的太阳。

他的妻子借口准备秋天穿的衣物，提出去一趟东京。比起天气，她更担心丈夫的心情。在他还没改变主意的时候，她便趁早做完午饭，匆匆忙忙地去了朝思暮想的东京。她的心也许比身体早三个小时到了东京。

他一个人呆呆地站在套廊，茫然地遥望自己每天注视的那座山丘。他发现山丘整体的景致似乎与平常有些不同。他知道那不仅仅是阳光造成的，但却不知道到底是什么原因。端详了一会儿，他终于明白了，便从书桌的抽屉里把眼镜拿了出来。他是严重的近视眼，可最近经常忘记戴眼镜，因为整天无所事事，眼镜对他来说已经没什么用处了，因此他也不知道，不戴眼镜让他愈发神经衰弱了。戴上眼镜，马上就像换了一片天地。他今天似乎成功地在天地间发现了某种喜悦，因为天空明朗，山丘变得清晰起来。原来如此，山丘之所以看起来与平常不同，是成群的乌鸦在杂木林上方飞来飞去。山丘的侧腹沐浴着淡淡的阳光，那里的凸凹就像被打磨过一样，变得更加圆滑，发出柔和的金碧色。苗木的农田中那几百根竖纹——对，就是那里与平日不同。仔细看一下那竖纹之间的地面，以左上方的一角为扇眼向上打开的扇形或三角形的地面上，绿色竟变成了泛黑的紫色。咦？究竟何时发生了这么大的变化？他感到非常不可思议。他目不转睛地盯着山丘的上方看了一会儿，仿佛世间突然发生了什么稀奇的大事一般。他甚至感觉那山丘就像西洋童话里的仙境，小巧玲珑。今天，那上面不也显现出一种神秘的色彩了吗？

盯着看了一会儿，他发现那山丘表面紫绿相接的地方迅速向上隆起，紫色的领地似乎自然地、一点点地扩展开来。再定睛一看（这样做时，感觉眉间稍微有点疼），发现那里有一些小矮人正弯着腰向前蠕动，忙着收获那里的绿色。农夫们一定是在那一排排苗木之间种了什么东西。但是，一眼看去，他只是觉得那紫色在不断地向上扩展，看不出是农夫正在收割农作物。

他出神地凝望山上的景色，就像透过奇妙的望远镜看着仙子在仙境工作，被这山丘引起某种超脱的情绪，宛若孩子看万花筒一样，心中怀着憧憬，目不转睛。最后，他干脆把烟灰缸和坐垫都拿到套廊上来，不知疲倦地凝望那不停向上扩展的紫色。紫色的土如喷涌一般向上隆起，不停地向上隆起，眼看着将绿色的领土全部吞噬了。这时，暗淡的阳光突然变得明亮起来。西方的天空逐渐放晴，一束阳光从云朵的缝隙间喷薄而出，照到山丘上。山丘顿时在舞动的光线中闪耀起来，就像有彩色的脚光照射着它。山丘上，无论是仙子还是杂木林都在地上投下又浓又长的影子，于是，童话仙境更清晰地浮现出来。刚刚隆起的紫色的土，仿佛发出风琴的最低音在齐声呼喊什么。山顶树林中的屋顶变得更光滑，浓浓的白烟冒出来，就像香炉的缕缕烟雾。于是，他现在恍惚以为自己成了童话世界里的国王。

天地的荣光与自然本身的恍惚都如同瞬间的梦幻，在夕阳被云朵遮住的时候就消失了。夕阳从云中落入更黑的云里，然后落入地平线尽头的远山后面，只在云朵的缝隙间留下一缕辉煌的余韵。

醒过神来，才发现山丘已经披上了一层淡淡的紫色……仙子的工作已经结束了……就这样凝神遥望山丘的时候，周围已经完全笼罩在黑暗中了。即便如此，他觉得在自己的眼睛里，那童话仙境般的山丘依然清晰可见。

不久，原以为永远都不会消失的那座山丘也不见了……

他回过神来，不再幻想自己是那童话世界里的国王时，黑暗从远方的田野和大山的方向涌过来，填满整个房间。他的周围也是一片漆黑。他觉得首先要点着油灯，便擦着了烟灰缸中的火柴。他在房间里到处擦火柴，寻找油灯却怎么也找不到。

他最近常常如此。即便不是像油灯那么大的东西，而是刚才还拿在手中或刚刚还在用的东西——比如钢笔、烟管或筷子之类——都会突然忘记放在哪里。暂时失踪的那些东西，日后又会从无论怎么也想不到但想一下又觉得理所当然的地方，或者从自己明明找过很多遍的地方，甚至是让人觉得可笑的地方突然冒出来。可是，找的时候，它们却好像要故意刁难他，怎么也不现身。无论在谁身上都会发生这种事，但是，却没有如此频繁。最近在他身上，一天至少会发生两三次。或许他每次都把这种不经意的小事看得事关重大，感觉那是无法解释的、神秘的甚至可以说是毁灭性的事件，甚至觉得有个看不见的人在这期间将东西藏了起来。于是，他觉得自己每天都会丢两三件东西，所以，找不到油灯的时候首先也是想到"又来了"，便打消寻找的念头——越早打消寻找的念头，找不到的东西就会越快出现。他想到这，便摸索着从衣柜上拿下烛台，点着了灯，红红的火焰摇曳着，发出暗淡的光。

在这样的夜晚，独自待在偏远乡村的房间里，尚未关门闭户的四邻让他毛骨悚然，感觉就像听凭侵入者来去无碍地出入他的家。他说不上来那侵入者到底是什么，但总之是一种怪异、特殊的入侵者，来历不明，不像小偷那样有形体。防雨板这种东西，因为其特有的属性，遍布房间的每个角落。他天性懦弱，最近变得尤其胆小，除了神经质的小孩之外，一般人到底都无法理解他的想法，更不用说寄予同情了。院子里的角落也足以令他不安。他站在那里，把门一扇扇拉上。关门声沉沉地爬向田野，发出空洞的回声。或许是受那声音惊吓，悄然熟睡的两只狗从地板下钻出来，出现在苍白的夜色中。它们又像往常的傍晚一样，开始冲着远方长吠。关上这一侧的约十扇门之后，他又转身准备去关另一侧短套廊的拉门。踏进客厅的那一瞬间，他蓦然发现油灯就在壁龛里。刚才找了那么久都没有找到，而且这个地方也明明仔细找过的啊！像平常那些小东西也就罢了，可油灯这么大，刚才怎么可能看不到呢？……想到这里，一种近似恐怖的感觉油然而生，如此便不敢随便碰那盏油灯了。他想象着，若自己无意间伸过手去，油灯是否会在那一瞬间突然消失，若是这样……他一边压抑着这种可笑的想象，一边朝油灯伸出手去。幸好，是真的油灯，不是幻影。

他点上灯，关上门，来到火炉前。想沏一杯热茶，才发现根本没有热水。木炭已化为白色的灰烬，白天沸水翻滚的铁壶已经与里面的水一起冷却了。这是肯定的，他的妻子上午十一点出门时生上火以后，他就再也没有加过炭。这段时间里，他的心中只有那童话王国般的山丘。他甚至忘了自己的存在，更别说炭了。

幸好狗的远吠没有持续太久，但它们又开始哼哼起来。它们是在催促主人喂晚饭。现在饿肚子的并不只有这两只狗和猫。他从刚才开始便一直莫名心悸、恐惧，直打冷战——他认定这也是因为饥饿。若要吃晚饭，就要先烧饭。突然提出要去一趟东京的妻子，絮絮叨叨地解释说要赶火车来不及准备晚饭，所以打算去停车场的路上顺便拜托阿绢过来帮忙烧饭。可是，他昨天晚上又听了一遍阿绢的身世，差不多是第十遍了。深受其扰的他决定让妻子把米淘好，在锅里放好水，到了吃晚饭的时间就自己煮饭。他坐在没有生火的炉子前面，觉得自己饿一晚上也无妨，但是，看到狗这般央求，又想到它们经常食不果腹，他便再也坐不住了，准备去烧饭。最近天黑得早，要

70

早点做饭——他想起妻子临走时留下的话，便强迫自己的身体往厨房去。

　　他放开狗，把它们叫到厨房来，因为厨房里有很多昏暗的旮旯，他一个人在这里会寂寞。弗拉特、雷奥这两条狗仿佛明白主人的心情，走进土间，偎着蹲在地上的他坐了下来。猫也跟着凑热闹，来到地板的边缘，在离他最近的地方坐下。这奇妙的一家子在高高隆起的马蹄形灶台前团聚，默默无言，冷冷清清。这时，他这时终于安下心来了，点着了引火柴。引火柴点着后，他的心情也随之亮堂起来。可是，引火柴却只在点着的时候烧得很旺，火马上就熄灭了，怎么也引不着他投进去的两三根木柴。他徒劳地点燃引火柴，持续的阴雨天让木柴变得非常潮湿，就这样点了五六次，原本便没有多少的引火柴就全都用完了，连一点碎屑都没剩下。引火柴这种东西，应该多置备一点嘛！他想到一个主意，把煤油罐拿出来，小心翼翼地把煤油浇到木柴上。煤油马上在距地面三四寸高的地方生出一大团轻盈的火焰，燃烧了起来，像奔跑似的燃烧起来，神经质般地燃烧起来，就像一个精神错乱的人——就像他这样的人激动时一样——熊熊燃烧起来。没有思想，失去理性，无力地一口气烧完，然后马上失去了气焰，火苗变得越来越小。煤油只是在燃烧自己，烧完后原本一大团火焰分成了几簇小小的火苗，微弱的蓝色火苗在每根木柴的表面匍匐前行，一点点舔遍木柴的全身，然后很快就熄灭了。那特有的黑烟散发出一股浓郁的气味，就像可笑的感动诱发的沉重情绪，迅速聚成一团，慢悠悠地升了起来。猫看到那么一大团烟雾，吓得站起身来，两只狗都同时扭过头去。他又试了一次，发现洒在地上的煤油比浇在木柴上的煤油烧得更久（其实，他以固有的近乎病态的细致，像研究者一样对煤油的燃烧方式进行了一番认真的观察）。他先从灶台下面把被油烟熏黑的木柴拿出来，把所有煤油使劲儿浇在炉灰上，然后点着一根火柴扔进去。一缕黑烟和大团火焰呼地冒了出来，紧紧地贴住锅底，很快，木柴便一点点地被引着了。

"好！好！"

他不由得自语起来。听到他那低低的声音，弗拉特抬起它那细长的脑袋，看着他的脸，好像在询问他是什么意思。熊熊燃烧的火焰就像人真诚的感动般强烈有力。啊！一点点燃烧起来的火焰多让人开心啊。他和两只狗眼睛里都闪现出同样兴奋的光芒，盯着被原始人类奉为神明的火焰。这时，他注视着火焰的眸子，无缘无故地看到了妻子瘦小的背影，就像仙境里的仙子一样小。燃烧的火焰中，妻子的身影好像夹杂在拥挤的人群中……这不只是想象，更像是闪烁在眼角的幻影。"幻影就是这样的吧？"空想以这样的形式意外浮现在脑海中。这时，直觉告诉他：那家伙去看电影了。他几乎是半有意地让自己的空想转移到东京最繁华热闹的地方。就在这时，就像想起一件极普通的事情一样，他的脑海中浮现出一件几乎不可能发生的事——难道我自己现在也在那拥挤的人群中吗？……在阴冷昏暗的厨房角落，他无精打采地蹲在灶台前，盯着烧不起来的火焰，简直就像苦行僧苦修，蹲在猫和狗之间，在火焰中凝视自己的内心。难道，这里的这个自己并非真正的自己，只是一个影子，真正的自己其实在别处？这种想法涌上心头，沉浸其中时，冰冷的感觉从他后背的正中央飞流直下，转瞬即逝。身边所有的一切，包括自己、灶台下的火焰、两只狗、猫以及抬起头来看到的柜子、提桶、油灯、洗碗池等所有一切，感觉都有可能突然消失。他战战兢兢地环视了一下周围。墙上，他和两只狗共三个影子分别朝三个方向伸展，形成又大又黑的一片阴影。阴影随着火焰的燃烧而左右摇摆，时而剧烈，时而轻缓。阴影不停摇摆，每摇摆一下就朝它的本体稍微靠近一些，仿佛要将本体吞噬一般。这时，蹲在他左边的雷奥昂头站起来，从为了放烟而打开的一点门缝中钻出去，走到门外，发出急促而尖锐的叫声。将耳朵竖在脑后仔细听它兄弟的叫声的弗拉特也跟着走了出去。它们齐声吠叫起来，仿佛在告诉他有个用肉眼看不到的东西正朝这边靠近。恐惧令他站起身。但是，狗马上便不叫了，一副扫兴的样子，一本正经地回到他身边，又在原来的地方坐下来。

两只狗的表现让他感到奇怪。他努力让自己平静下来，稍微伸长身子，从门缝往外瞧了一眼。他的眼睛透过朦胧的夜色，看到一个小小的黑影从柿子树后面走了出来，听不到一点脚步声。见那个人影很小，他多少有些放心了。可是，真的是一点脚步声也听不到！当那个人影走过来，走到从门缝中洒出去的灯光下时，他才发现那并不是什么幽灵鬼怪，是阿桑，邻居家那个经常来他家里玩的十三岁女孩。没错！可是，还是奇怪。平常她那么爱说话，总是从老远的地方就开始大声喊，或一边叫着狗的名字，或一边吹着口哨，一边跑过来，而且她从不在晚上来玩的。今天晚上，她不可能会过来啊。想到这里，便还是觉得阿桑奇怪，他想确认一下，便叫了一声。

"是阿桑吗？"

"哎呀，吓死俺了。大叔你在家啊。"

人影这样回答。的确是阿桑。他叫她时，声音沉着冷静，就像大声自言自语。可是，阿桑的回答却是近乎夸张的尖叫。听到阿桑的声音，一直忍着孤寂的他差点高兴得跳起来。他放下心来，打开门，看到阿桑伫立在门外。灯光照亮她的脸。她表情怪怪的。

"怎么了，阿桑？……挨爹妈骂了？"

"……"阿桑没有马上回答。过了一会儿，这孩子像往常一样说起话来："叔叔你在烧饭啊。""婶子啥时回来啊？"……过了一会儿，阿桑好像突然想起来似的，说道："啊，对了，俺差点儿忘了，今天家里烧着洗澡水呢……今天天气好，大家都下地干活了。现在正烧着呢。叔叔你过一会儿再过来洗吧……叔叔你真是奇怪，没烧洗澡水的时候你想过来洗，烧了洗澡水你又不来哩。"唯独今天晚上，他想让阿桑多陪自己说说话，可她说完这些便急急忙忙要转身离开。走出十几米后，又回头说道：

"大叔，又开始下雨了。"

这时她已经完全变回平常的那个阿桑了。"看来阿桑这家伙刚放下心来呢。"他心想。听到阿桑说起洗澡水的时候，他就突然明白刚才阿桑为什么没有发出脚步声了。他想起妻子曾说，大家都说阿桑一家人手脚不太干净，还说最近家里的柴火少了太多，又说有时早晨起来会看到柴堆坍塌，两三根木柴落在井边。

他恍然大悟。但这样的事，他其实无所谓。只有阿桑说的"大叔，又开始下雨了。"这句话和那时因那种契机从柿子树后面飘然而至的黑影阿桑留在了心里。这些暂且不说，不知是因为煤油洒到了餐具上，还是粘在了手上，总感觉辛辛苦苦烧好的米饭里掺着煤油的味道。那天夜里，不仅米饭如此，睡衣的领子、枕头、肩膀、嘴里、空气本身、睡在旁边能让他感受到小小心跳的猫，都散发出煤油的气味。他没有吃太多米饭，而是喝了一些茶。这若有若无的煤油味和茶结合，让他亢奋起来。煤油的味道，思它便有，不思它便无……他突然想起傍晚擦着火柴到处找油灯的事，为了生活倒弄煤油的事，不禁觉得刚才发生的一切都是今晚家里将要着火的先兆。比如，自己把锅从灶台上拿下来的时候，好奇地盯着留在锅底的星星火焰；比如充斥整个房间的煤油味；甚至阿桑过来偷木柴的事……他开始觉得，空气已经为火灾准备好了一切，而这些准备化为煤油味告知他的感官。终于要开始了……把这房子烧掉吧，火灾真是令人感到畅快。他转念又想：不，不，若是这样想，就真的会发生火灾了……若万一真的发生火灾，应该为狗解开锁链，要不然它们就会被烧死。到时若是慌张起来就麻烦了，所以不如趁现在就做好准备，把它们放开……他想：没关系，不会发生火灾的。又希望天快点亮。同时，他还在想：妻子真的是去看电影了吗？想起白天在那个仙境中劳作的小仙人，想到突然照到山坡上的夕阳——那颜色又让他联想到火灾……他感觉自己想这些事情的时候是清醒的，又感觉自己好像是在睡梦中，到底是哪一种，到后来就更分辨不清了。

一个雨霁天晴的夜晚。不知道是更晚一些的日子，还是笔者在这里写下这些文字时比较顺当的日子，总之，那是一个雨霁天晴的夜晚。一轮又大又圆的明月就像舞台上的布景一样，从山后慢慢地升起。那天晚上，两只狗比往常叫得更加凄厉。

他想带狗出去玩一下，走到院子里，又从院子走到外面。空中升起了明月，这让他非常高兴。月亮已几乎升至中天。东方的天空放晴，越往西越阴沉，到了尽头简直就是漆黑一片。整个天空就像被毛刷子晕染过一般。他深情地望着明月，向前走着。远处水车扑通扑通的声音穿过田野传了过来。仙境般的山丘上，那片像女人侧腹一样的地方，沐浴着如水的月色，发出细腻的银光。他在家门口那条路上来来回回走了好几次，或背对月光看着自己的短影，或不看自己的影子，盯着朦胧的月向前走。两只狗跟在他的后面追逐嬉戏。他停下来，两只狗就在他身边转着圈追逐嬉闹。他侧耳倾听潺潺的水声，就在他脚下沿着道路的水渠中，涓涓细流打碎了月光，向前潺潺流淌，就像硕大的云母片漆黑发亮，颤抖着发出声响。十点几分从K市开往H市的最后一趟列车轰隆隆地从南边山丘的背后驶过，震撼了月夜世界的某个角落。那声音在他耳边响了许久，令他感到怀念。月光把田野照得如白昼一般——不，若是白天下雨时，田野比这还要阴暗许多。他的目光穿过田野，转向南面山丘的方向……刚刚传来声响的地方，山坡的另一边，有一座繁华热闹的大都市。在那里，家家户户灯火通明。仅仅听到远方火车的声音，他的脑海中便突然产生了这种毫无关联的联想。这么说来，只有一瞬间，真的是非常短暂的一瞬间，山丘后的天空突然变成一片红色，就像万家灯火的余晖。那光景转瞬即逝，真的是非常神秘的一瞬间。

　　"我这是生起了对都市的乡愁啊。"

　　他这样想着，视线从山坡上移开。这时，他发现有个黑影在自己所在的那条路的前方迎面走了过来，和他相隔大约二百米。他盯着那个黑影。有人在这样空旷的地方，从月光下走来，让他有些毛骨悚然。月夜比黑夜更可怕，他想。

这时，那个黑影发出一声嘹亮的口哨声。"咻！"只有一声。他的两只狗顿时像疾风一样朝黑影跑了过去。这令他非常不快。以前除了他——也就是它们的主人叫它们之外，它们从来不会跑到别人身边。只有这天晚上，它们听到口哨就飞奔起来。他有些不知所措，也吹了一声同样嘹亮的口哨。"咻！"他想把狗叫回来。狗听到他的口哨声，似乎发现了问题，慌忙朝他跑了回来。

"弗拉特！"

人影叫了一声狗的名字。

"弗拉特！"

他也赶紧叫了一声狗的名字。

那个人影的叫声竟和他一模一样。由于内容相同，所以他的声音听起来就像是那个人影的回声。就连他自己都感觉两个声音完全相同，几乎无法分辨，那么，狗肯定也没有分辨出来。刚才跑过去的狗，跟着人影走后，好大一会儿都没有回来。

他呆呆地站在路上，睁大眼睛试图看清那个人影。人影似乎从大路走向了田野，沿着田间小道向前走，在一个立着地藏菩萨的地方拐了弯。

接着，奇怪的事情发生了！那个人影在没有任何遮挡的田野中，在明亮的月光下，突然消失不见了。

他差点惊叫起来，却努力忍住，一口气跑到家门口，跑回家里。

"……这个村子里应该没有人记得我家狗的名字。因为它们的名字很难叫。不，孩子们倒是知道。但是，他们应该是把'弗拉特'这个名字错记成'库拉特'的。我家的狗即便听到别人叫它们的名字，也不会跟除了我之外的任何人走。即便跟走，如果我叫一声，它们肯定也会马上回到我身边。到目前为止，还从来没有发生过这种事。"他暗自心想，"而且，那个人影为什么会突然消失不见了呢？当时该不会是我自己分身成了两个人吧？狗应该能分辨声音的细微区别，至少它们应该能听出主人的声音……"

他的心脏开始剧烈跳动，已经持续了二十多分钟。不知何故，他出神地盯着钟摆左右摇摆，想了很多有关离魂病的记录或狗的事情，等待心跳平复。内心终于平静下来后，他吩咐妻子去看看狗是否还像往常一样在套廊下面。他觉得狗跟着那个人影走了后，可能就永远不会再回来了。狗的确没在那里。可是，幸运的是（他如此认为），他的妻子叫了一声，狗便回来了。他又问，月亮还在吗？妻子回答，月亮还在。

到了第二天早晨，他才把昨天晚上发生的事告诉妻子。前一天晚上，他真的是太害怕了，根本没有工夫跟别人讲起这件事。他的妻子听了，好像觉得很可笑，大声笑了起来，让他很生气。他的妻子如此解释：人影之所以消失，一定是因为那个人看到狗来到脚边，想抚摸一下狗的脑袋，蹲下了身子。所以，那个人在田间小路上蹲下身子后，就被稻子挡住了。"这个解释好像的确合情合理。"他也这样想。但是，那一瞬间感受到的奇妙恐惧并没有因为这个解释而消失。

还曾发生过这样一件事。

一日深夜，一只飞蛾扑到油灯旁。在盛行养蚕的地区，到了这个季节，空中就会有很多这样的飞虫。他一直都最讨厌这种飞虫。以前也有这种飞虫扑到他的油灯上，他便用自制的苍蝇拍打死虫子。当场被拍死的虫子扑簌簌地震颤着那既像弯眉又像梳齿的粗大触角，做出最后的努力，挣扎着翻了一个身，露出丑陋的肥肚皮，六条腿摆出一副似乎要抱紧什么的形状，同时抖动着，不时又往翅膀上用力，让它的肚子鼓起来，触角、腿、肚子和翅膀做着规律的动作，持续了很久，为他展示了它死亡的苦闷。虽然只是一只小虫，但已经足以让目睹这一切的他伤情不已。之后，他愈发讨厌和害怕这种虫子了。

这虫子小小的脑袋上长满像绢丝一样的灰毛。那一片深黑色中有一双微微凸起的眼睛，小小的，通红通红的，闪烁着深邃可怕的光芒。它的翅膀紧紧地贴在灯罩上，一动不动，显得沉闷压抑。然而，一会儿又像突然发疯了似的，使劲拍打沉重的翅膀。还有，无论怎么驱赶它，它都厚颜无耻、执着地围着灯罩嬉戏。它在油灯附近，宛若跳着死亡的舞蹈，欢喜地扭动着身体时，它形状怪异的影子落在泛白的灰褐色墙壁上，将墙壁的大部分染成黑色。那黑影虽然无声，却像尖叫的群众一样焦躁不安地来回狂奔。

它慢悠悠地避开他的驱赶，逃到拉门上方，然后又用厚厚的翅膀啪嗒啪嗒地拍着纸拉门，就像乱舞的脚步声。

他等着飞蛾安静下来，看准时机，撕下一片报纸，将其按住，然后拉开门，将那丑陋的虫子丢到了外面——他现在不敢杀死它了。

但是，还没过十分钟，那只飞蛾（或许是另外一只）又不知从何处出现，来到他的油灯旁。然后，翅膀又开始了恐怖、黑暗、沉闷和喧噪地乱舞。他又一次用报纸的纸片按住飞蛾，再拉开拉门，将它扔到窗外。

又没过十分钟，飞蛾第三次不知从何处出现，悄悄地潜入他的房间。他不知道这只飞蛾和刚才吓到他的那两只飞蛾是不是同一只。刚才把报纸揉成一团，紧紧地握住，飞蛾不可能还活着，不可能出来了，所以大概是另外一只飞蛾吧。总之，它三番五次袭击他的油灯。他不禁心想，这小小的飞虫体内定是住着某种恶灵。想到这里，他便感到恐惧，不敢亲自去按压那只小虫。于是，他特意叫醒妻子，让她捉住那只小虫。当他从妻子手中接过用整张报纸捂住的小虫后，将那只小小的虫子里外裹了好几层，又拿了一张报纸仔细包住。这次，他没有把它扔到外面，而是放在了书桌上，又在上面压了一本厚厚的旧杂志。

这样他才放了心，上床睡觉了。

过了一会儿，他怎么也睡不着，便点着烛台上的灯，发现又有一个东西翩翩飞来，仿佛在嘲笑他。又是飞蛾！

他开始失眠了。

起初，钟表的声音让他心烦。他把台钟和挂钟都关了。对他现在的生活来说，钟表不过是个吵闹的东西，没有任何用处。即便如此，他的妻子每天早晨起来，仍要给钟表上一下弦，随便调个时间。她说若是家里连时钟的声音都没有，心里就会空落落的，感觉太孤寂了。他完全同意妻子的这个说法。他曾不止一次经历这样的瞬间——邻家传来的响声、狗叫声、鸡叫声、风声、妻子的声音，甚至连自己的声音和其他任何东西发出的声响都戛然而止的瞬间，这样的瞬间让他孤寂难耐、伤心难过，或者可以说是恐惧。这种时候，他就会焦急地期待一些声音或响动。但即便如此仍没有任何声音的时候，他就会跟妻子说一些无关紧要的话，或嗯嗯啊啊地自言自语，说一些没有意义的词语。

但是，夜里钟表的声响实在太吵了，让他根本无法入睡。钟表滴答滴答的响声会让他愈发兴奋。所以，他每晚上床睡觉前，都会把时钟关掉。每天早晨，妻子都会重启丈夫关掉的时钟。开启时钟和关掉时钟，成了夫妻二人每日早晚必做的功课。

关掉时钟后，虽然没有了表针转动的声响，但门前水渠里的流水声又传入耳中。这声音又开始影响他的入眠。也许是连绵的阴雨让流水声变得比平常更大了一些吧。一天，他往水渠里看了一眼，发现许多天以前——也就是他修葺废园时从水渠边的垂柳上剪下来的粗枝依然沉在水底，没有被流水冲走。那些树枝形成一个水栅栏，将落下来的树叶或报纸碎片等杂物挡住，水流为了越过那栅栏，不停地向上翻涌，发出吵闹的响声。水声夜夜喧噪，原来是这个缘故。他冒雨走进水渠，把树枝从水底拉出来。长着很多细小枝条的粗枝，全身缠着湿漉漉的水草。他先把树枝放在路边，又往水里一看，发现十几米前方有一根长长的东西混杂在刚才被柳枝挡住的树叶、纸片、秸秆和女人的头发之间，在流水中沉浮。

仔细一看，原来是前些日子，就是他和醉汉吵架的那天晚上，他打完狗之后丢进水中的那根银柄拐杖。

不可思议的机缘让拐杖又回到自己手中，这令他高兴极了。当时，出于一种莫名的羞愧，而又觉得有些可笑，便没有将丢掉拐杖的事告诉妻子，现在也不小心把这件事跟妻子说了。他心想：那吵闹的水声一定是这拐杖引起的。拐杖知道他在找它，便通过这种方式告知它的所在。

他单手拿着那根拐杖，紧紧地盯着不断向前流淌的渠水水面，觉得这下今晚就安静了，可以放心了。但是，他错了。那天晚上，虽说潺潺的水声不比前一天晚上更吵闹，但也绝算不上安静。原本只是很小的水声，却让他感觉非常刺耳，依然和前一天晚上一样，让他无法坦然入眠。

但是，对这潺潺的流水声，他已经束手无策了。

除此之外，还有一个声音传入他的耳中。那就是从南侧的山丘后面驶过的末班火车的声音。到深夜才能听到，而且是在很晚的深夜。时钟停了，他无法确认具体的时间，但若末班车十点六分（印象中）从 T 站发车，驶过约三四公里，就应该能从他家对面的山后驶过，这样算来，那声音发出的时间也未免太晚了一些。而且，他不止一次听到那个声音，第一次，在很晚的深夜听到后，过一个小时左右，又会听到火车驶过的声音。无论怎么计算，都和火车实际开过的时间不符……即便是车体漆黑的货车，也不可能在如此深夜从如此偏僻的乡下铁道车站频频发车。所以，在他听来那么响亮的火车声，他的妻子却说听不到。当火车轰隆隆驶过的声音从远处传来时，他便感觉有朋友乘着那辆火车，出人意料地到乡下来看望他。倘若真有这样的事发生，那么那个人会是谁呢？是 O 呢？是 E 呢？是 T 呢？是 A 呢？还是 K 呢？他想了一下所有能想起来的朋友，但会乘着火车到乡下来看他的朋友，却是一个也想不出来。但是，他的确能清晰地想象出有个人（一个他认识的人）倚着车窗的情景。奇怪的是，有的晚上，他会觉得那个人——倚着车窗坐在那里的那个人，就是他本人。这为他那猎奇的幻想提供了一个爱伦·坡小说式的开头，恐怖却充满诱人的魔力。

秒针滴滴答答的声音、流水的低语、火车驶过的轰鸣……按照这样的顺序，他每天晚上都会听到此外各种声响。火车在远处拐弯时碾压轨道发出的刺耳声响反复传入耳中。以前他在都市生活时，深夜常常听到，那种声音有时会剧烈地冲击他的耳底。一天夜里，他正昏昏欲睡时，突然睁开眼睛，听到嘹亮的手风琴音从前方约一百米处的村办小学传过来。说是早晨，其实时间也已经不早了，难道是歌唱课开始了吗？他环视了一下四周，发现妻子还没有醒来。早晨的阳光也还没有从门缝中洒进来。一点声音都没有——除了那手风琴的声音。现在是深夜。他怀疑自己睡迷糊了，于是竖起耳朵倾听，手风琴奏出熟悉的进行曲，以清新、甜蜜、忧伤的音色，带着晚春日暮时的情调，随风悠扬地飘过来。恍惚间，他听得入了迷。一天晚上，他又听到在电影院常常听到的某乐队的旋律，那也是一首进行曲，不知是从何处传来的。自从听到这些音乐后，他就再也没有听到潺潺的水声了。他不再强迫自己入睡，睡不着也不再是一种痛苦了。这些声音，除了火车拐弯时的声音外，都伴随着某种快感，或悠扬动听，或欢快清朗。他还没来得及惊奇便已听得入了迷，感到一种难以名状的愉悦。其中，手风琴的声音最动听，其次便是乐队的声音，有时还会听到持续的轻微钟声，好像是数九寒天来寺院上香的人敲响的。手风琴的声音虽然只听到两三次，但乐队的声音却从未间断过。他着迷地听着乐队声，不由得哼起了曲子，还稍微抬起一点躺在床上的身体，用整个身体打起了节拍。这既是肉体又是精神上的快感。若这种事情是在修道院中发生的，人们或许会称其为法悦。

幻听同时带来了幻影。有时没有幻听的前兆，幻影也会独自出现。

幻影之一是一个很小却清晰可见的街市。他俯卧在床上，那个精巧的模型街市，栩栩如生地浮现在他的鼻梁上方。这是现实中没有的美丽街市，所以他未曾见过，但却能想象出来，也相信东京的某个地方一定有个和这一样的街市。那是灯火通明的夜景，五层洋楼的高度大概只有五分[1]。可是，那栋洋楼，甚至是比那更小的，不到其一半甚至三分之一的小房子，都有各自的入口，还有灯火通明的窗。房子大多是纯白的。就连那蓝色的窗帘都非常精巧细致，栩栩如生地浮现在他眼前。莫说以人类的尺度，就算是一般人在想象中也很难想象得到。不，不仅如此。这些房子屋顶上的避雷针旁边，甚至还装饰了一颗星星，就像镶嵌在黑天鹅毯上的银丝点，闪闪发光。奇怪的是，这么美丽的都市夜景中，没有任何一种车辆，也没有一个行人……街上种着树，大概是柳树吧……万籁俱寂。从那灯火通明的窗子中，却能感觉到某个地方隐藏着一种莫名的喧嚣……不知是何缘故，直觉告诉他，那幢房子是一家中国餐馆。盯着看，整个街市便从他的鼻子上方慢慢升起，飞得越来越远，变得越来越

1　分：长度单位，每分约为 0.3 厘米。

小，差不多快要消失的时候又突然迅速扩大，变成与之前一般大的街市，然后又变得非常大，变成正常大小仍不罢休，最后变成一个无边无际的巨型街市，简直就像是大千世界的一面。茫然地看着这一切，又发现那街市在慢慢缩小，变成原本模型大小，同时回到了他鼻子上方位置。就像这样，在短短的几分钟，又或是几秒钟时间里，他感觉自己从童话故事里的小人国到了巨人国，又从巨人国回到了小人国，就这样飞了一圈回来了。那个街市变成巨人国的时候，自己的眼睛与眼睛之间的距离也变大了，感觉自己仿佛也变成了巨人，眼界也一下子扩大了。有时，那个幻想中的街市变成正常街市大小，突然静止不动了，这时，他会以为自己真的来到了这样的街市，慌忙摸索着去擦火柴，在黑暗中环视被油烟熏黑的天花板。

与这个现象一起同样不可思议的是，这些风景屡屡浮现在他的眼前，每次都几乎没有什么不同。

那幻影偶尔也不是什么风景，而是他自己的头。他感觉自己的头变得像豆粒一样小，然后，眼看着变大，变得和房子一样大、和地球一样大、无限大，甚至怀疑宇宙怎么能盛得下这么大一个头呢。可过了一会儿，它又迅速缩成豆粒般大小。他太担心，不由得用手抚摸了一下自己的脑袋，才终于放下心来。他自己都觉得有些滑稽，差点忍不住笑出声来。就在这一刹那，嘎吱一声，电车拐弯的声音刺穿他的眉间。

但是，这些幻视或幻觉却似乎与幻听没有特别密切的直接联系，并非一定会相伴而生。幻听虽然令他愉悦，但像这样从无限大变成无限小、瞬间伸缩的幻影却令他害怕、苦恼。

他感觉到这种怪异的病态现象每天晚上都在加重。他开始认定这种现象是他的妻子带来的。火车的声音、电车碾压轨道的声音、电影的背景音乐，感觉像是东京某处的陌生街市。所有的这些幻影，都是妻子对都市魂牵梦萦的乡愁。这种乡愁，在她无意识当中，或以某种妖术，幻化为形状，变成声音，浮现在失眠的他眼前或者萦绕在他的耳边——他如此假想着。起初，这仅仅是假想，但不知不觉间，他就开始以为事实果真如此了。他还曾想过：妻子总待着的厨房里一定也充满了有关东京的遐想，所以上次傍晚自己独自做饭时才突然想起那些事。对他这种几无意志力的人而言，意志力更强的人或者在我们看不见的空间中熙熙攘攘的精灵们的意志，都会产生比其自身意志更强的作用。这是可能发生的——他认为自己必须承认这一点。生命就是这样一种力量，它不停地征服、吞噬周围所有的一切，将其中的力量据为己有，并充分发挥对这些力量的统帅作用。肉体方面明显是这样的，即便是在灵魂和精神方面也一定是这样的。而现在，吸收其他东西并将其统一的神秘力量，正逐渐从他身上消失。或者说，他只是在一点点地消耗着从前的自己。

　　也是在这个时候，他发现所谓的黑暗就是某种物质密不透风地挤在一起，是有重量的。

　　就这样，他的喜怒哀乐或恐惧，变得与这个世界上的其他人完全不同。孤独与无为是一对兄弟，它们拥有一种神秘的力量。他这时想：假若自己现在在修道院……如果他和妻子一起过的生活并非像现在这样，而是每天朝着永贞童女——美丽的圣母玛利亚画像礼拜，身心处于这样的状态的话，那么晚上的幻影想必是天堂的，而不愉快的幻影则是地狱的。画像中那高贵优雅的唇也许会变成活人跟他说话，那恼人的一切则会像画家埃尔·格列柯[1]笔下的恶魔，面目狰狞，出现在他的眼前，令他痛苦不堪。在一刻也睡不着的夜晚，看到门缝中露出微光时，那种像突然听到鸟啼时的凄凉、悲切与诱人泪下的心情一定会变成一种忏悔的心情。因为，在修道院那种地方，无论是生活方式还是思想的暗示，所有的一切都是被设计好的，全都是为了唤起这样的幻影——为了容易唤起这样的幻影，必须唤起这样的幻影……

他曾这样想过。不过，直到很久以后，他的这种思考才逐渐成形。

突然，一只人脚浮现在他的眼前。似乎只有脚浮在空中。不知道那只脚有多大，但这只脚没有引起他特别的注意，由此看来应该和普通人的脚差不多大小。那是一只肤色白皙的脚，很美。看着那只脚，突然又看到了白色的手指，是埃尔·格列柯的绘画中常见的那种手形，拇指和食指之间像捏着什么东西。过了一会儿，那只手消失了，眼前只剩下刚才那只脚，蹦蹦跳跳的，好像在踩踏什么东西。脚每动一下，脚尖就会上下晃动。每次脚尖用力，脚趾就会像尺蠖虫一样屈伸……好奇怪的梦啊，他在梦中这样想。对了，我知道了，去王禅寺那边郊游的时候迷了路，误入一个人家，遇见一个纺丝的姑娘。这就是那个姑娘的脚，就是她的手。她这是在踩纺丝车的踏板，这是将纺出来的全部蚕丝捏在一起的手势……想到这里，那手指又

1　埃尔·格列柯（1541—1614）：生于希腊，后移居意大利和西班牙，为西班牙文艺复兴时期著名的幻想主义风格画家。

出现了。那白皙的手和脚在乡下十分少见……她抬起头看他时的模样楚楚动人。去那里的途中，傍晚下起了雷阵雨……天空出现了彩虹……在山里看到了。那个女孩大约有十六岁……好想看得更清楚一点，不光是手和脚，而是整体……他继续做着梦，梦中他一边看着白皙的脚来回摇摆，一边想着这些事。这时，周围突然变得红光一片，明亮起来……他看了一眼，原来是烛台上耀眼的火焰照进了眼睛。他醒了。他的妻子正打开拉门，从套廊里走进来，可能是去厕所了吧。

"你倒是也要注意一点才好。我不是一直都跟你说嘛，只要有一点光亮，就会把我弄醒。刚才好不容易才睡着……"

他抬头看着妻子，在耀眼的灯光下眨着眼睛，嘟嘟囔囔地发起牢骚来。

"我有注意啊……你睡着的时候一定是睁着眼睛的。"

妻子说完，连忙把灯吹灭了。

"王禅寺怎么啦？刚才听你说梦话来着。"

"什么时候？"

"就是刚才，我擦着火柴准备点灯的时候。"

他觉得自己愚蠢至极。刚才以为是梦见的那只美丽的脚，其实一定是妻子的脚。这时，他才明白：我好像是扔掉枕头侧躺在榻榻米上睡下的，所以看到妻子迈着脚走出去，竟以为那是梦了。可是，在王禅寺附近的那个人家纺丝的姑娘——当时，他看到那种地方有个漂亮的小姑娘，孤寂且小心地纺着丝，觉得很有趣。后来就几乎忘记了，现在又在迷迷糊糊中想起她来，这又让他觉得新奇。

这是其中一例。不仅仅是这个时候，那阵子，只要他努力入睡，便会陷入这样的睡眠。

"肯定不是发烧，还有点凉呢。"

妻子用手摸了摸他的额头，说完后又把手拿下来，放在自己的额头上试了一下。

"我比你热多了。"

这让他反而更加不满。他让妻子找来体温计，却没想到体温计已经因为几次搬家远道折腾而断掉了。

若不是因为发烧，那肯定便是这天气的缘故，有可能是因为狂风。那天的风真是太大了。狂风挟裹着云雾，横冲直撞，把似有若无的毛毛细雨刮得横着飘落下来。然而，天气却异常闷热。遇上这样的天气，他便产生了恐惧，怀疑要地震了。今天的狂风倒是让他在这一点上放心了，但是，狂风大作的日子里，又会产生另外一种焦虑，让他感到战栗不安，心慌气乱。

猫咪啊猫咪，紧紧跟在我身后。
猫咪啊猫咪，快快躲进屋里头。

突然，狂风底下似乎传来童谣合唱，那歌声像被大风运过来的，断断续续地传到他的耳边。或许这也是幻听吧，因为那是他已经遗忘了许久的故乡的童谣。记得以前风大的日子（对，就是像这样狂风大作的日子），孩子们尤其是女孩子就会追逐嬉戏着，一边抓住前面小孩的和服腰带，或者把头伸进对方的外套里，一边以刚才的那种曲调齐声反复歌唱那首童谣。他们为大风欢呼雀跃，在故乡家门口的广场前围成一圈……那是一首有叠句的童谣，形式虽然单调，旋律却令人怀念。孩子们的游戏也与那童谣表达的情绪非常契合。他的脑海中清晰地浮现出孩提时代的自己。那个自己站在夹着沙尘的风中，入迷地看着那样的情景。这开启了他对往事的回忆。当年，在古城遗址后面的黑杉林中……沿着在城堡遗址山里最高的石墙的墙根，有一条狭长的小路。那里有一片很大的杉树林，密密麻麻的杉树之间可以隐约看到远方的河流和船帆。小路上长着茂盛的蕨类植物，光线总是有些昏暗。还有杉树林特有的浓香，凝重、湿润、怡人。他小时候最喜欢那条路，再长大一点仍是如此。后来，他在练习器械体操时受了伤，被打过两次麻药，那时候，睡梦中便会到森林里的那条小路上玩耍，而且两次都是……一天傍晚，他在那片森林里发现了一朵黑色的大百合花。他走到近旁，想要折下来，仔细端详了一会儿却突然感到一种传奇式的奇妙恐惧，便跌跌撞撞地跑下了山。第二天，他带着男仆到那里找了个遍，却什么也没有发现。这是他第一次遇到奇怪的自然现象。那到底是他小时候的幻觉？还是花本身就是自然的奇幻之花呢？现在回想起来已经无从知晓。只有当时摇曳的美丽花姿，永远留在了他的心里。就像那朵珍奇的花象征了他的"蓝花"[1]一样，从那时候起，他就是一个如此孤独的男孩。

1　蓝花：典故出自德国早期浪漫主义小说代表作、诺瓦利斯的《海因利希·冯·奥夫特丁根》（1802），日文译本译为《蓝花》，讲述了德国诗人奥夫特丁根为了寻找梦中所见蓝花而到处流浪的故事。

那时候，他经常独自一人到他家后面的城堡遗址山上，或者到城堡后面河边的森林里散步。其中他最喜欢的是一个叫作"锅割"的水潭。那里有一间烧石灰的小房子。石灰石和方解石的结晶让幼小的他认识到自然的神秘。水潭中时而卷起好几个七八米大的碧波漩涡，他经常在水潭边着迷地看着，还经常梦到那景象。当时，大概八九岁吧……若白天说了谎，晚上肯定会惊醒，担心得睡不着觉。把母亲晃醒，悲切地忏悔，求得原谅后才能再次入睡……哦，对，对了，每天半夜都会听到织布机穿梭的声音。"那时，我大概五六岁吧。难道从那时起我便患上了忧郁症，神经衰弱了吗？幻听的毛病也是从那个时候出现的。"他想起这一点，觉得惊讶。小时候经历的这些琐事，回忆起来竟觉得比昨天的事还要清晰（那时的他，脑海中昨天的事是模糊的）。一件最奇怪的事，就是三四个月前，夏天快要结束的时候，看到山中的一栋房子，那里盛开着百合花和百日红。那栋人迹罕至的大房子里，住着一个小姑娘，与年迈的母亲相依为命。她那美丽白皙的手臂和手指出现在他的幻梦里，以一种童话般的情绪躲在他记忆的最深处。她的影像还时而错误地强行织进他对幼年时代的追忆中，在回忆的森林深处几近变成仙女。每当他发觉自己试图这样想的时候，便会责备自己：哎呀，哎呀，不就是前不久才发生的事吗？他一边自责，一边如此更正自己的想法……他就像这样，沉溺在自己对幼年时代的追忆中。回忆起来的，全都是之前原本已经忘得一干二净的那些事，而且，他变成自己回忆中的那个小孩，思念他的母亲、兄弟姐妹和父亲。常常总是想着自己的他，从未像现在这样悲伤地想起这些人。无论是父亲、母亲还是任何一个兄弟姐妹，他都已经有大半年没有跟他们通信了。尤其是离婚后回家、耳朵又聋的姐姐最令他伤心。他首先试图想起母亲的容貌，明明半年前还见过面的，却怎么也想不起来。他勉强归拢那些零散的印象，脑海中出现的竟是十七八年前的母亲奇怪的面容。那时，母亲患了丹毒，满脸涂着黑色的药膏，就像戴着一副黑色的面具，只有凹陷的眼睛闪着光，像怪物一样。她忧伤地冲他挥着手，让他不要靠近病床。那时候的他抽抽搭搭地跑到院子里，然后大声哭了起来。朦胧的泪眼看到的山茶花枝和锦簇的花朵，竟然比母亲的脸更加清晰地浮现在眼前……以前从未曾记起的事情排成一条长队，陆陆续续地浮现在脑海中。这种心情突然让他想到了死亡。这一定是病人濒死时的心情……这么说来，难道自己很快就会死掉吗？可是，真的会在这个连个熟人也没有的小山村中死去吗？若真的会死去……他驰骋着自己不着边际的想象。以前，他从未想过死亡。这时，他多少怀着几分好奇，以其特有的幻想形式，想象着朋友们获知自己死讯时的情形。他竖起耳朵倾听蟋蟀的叫声，在肆虐的狂风中，蟋蟀叫个不停，仿佛要将人类的灵魂引向独立于这个喧噪的世界之外的静谧。

他伸出手去，准备从枕头上方的书架上胡乱抽一本书出来。就在他的手碰到书架的瞬间，哐啷一声，好像有什么东西坏掉了。他以为自己弄掉了什么东西，吓了一跳，环视了一下四周。那是妻子在厨房里打碎东西的声音。那声音随着风传了过来。

他的书架而今也呈现出一副凄惨的模样。那里只有几本破旧的书。它们互相搀扶着，东倒西歪地躺在书架的灰尘里。不怎么值钱的书自然留了下来，都是这两三年来看厌了的书。他刚才抽出来的那本书是《浮士德》的译本[1]。为了从那种出于过分好奇的、关于自身死亡的无益联想中摆脱出来，他打算不管怎样也要读一下这本他原本一点也不感兴趣的书。但是，风的声音不停地掠过耳边，镶嵌在厨房洗手台上的唯一的玻璃板剧烈地摇晃，发出嘎达嘎达的响声，让他的耳朵和心都不得安宁。

他俯卧在被子里，打开书页，匆匆浏览起来。

　　这真是高于人间的快乐啊！
　　大山在黑暗与白露之间深眠，
　　惬意地将天地抱在怀中。
　　尽力汲取天地的精髓，
　　心中体验六日的神工，
　　感知傲然的力量，
　　品味世界的未知，
　　有时，又将满溢的爱赠予世间万物，
　　消失了凡世之子的模样……[2]

偶然读到的是"森林与洞窟"一章中靡非斯陀[3]的台词。他非常

1　根据下方引用，可以判断此译本为森鸥外译本（1913）。此处中文译文据小说中引用的日文译出，个别词句与森鸥外全集中收录的译本有出入。佐藤春夫的创作深受森鸥外的影响。
2　节选自《浮士德》第一部"森林与洞窟"。此处根据文中引用的日文转译。
3　靡非斯陀：《浮士德》中的恶魔，一译梅菲斯特。

理解这段话的意思。这不就是他刚刚来到乡下时的心情吗？

他跌跌撞撞地从被窝里站起来——为了从桌子上拿起红墨水和钢笔，然后向后翻看，从浮士德在洞窟中的独白读了起来。他用钢笔蘸了一下红墨水，将读到的句子一一画线标记。他小心翼翼地画着细细的直线，神经质般不让那线条画到文字，也一点都不扭曲。

> ……
>
> 简而言之，你偶尔体味一下
> 自欺的快感也无妨。
> 想必你也无法熬太久。
> 显然你已十分疲惫，
> 若如此继续下去，
> 你不是快乐地发疯，
> 便是忧郁地死亡。
> 真是够了……

被画线的句子引起了注意，他又重体会了一下句子的意思，这才恍然体悟到其中的深意。靡非斯陀正从书里对我说话呢。啊，是个不好的预言！终将"忧郁地死亡"。这是真的吗？即便翻遍浩瀚的书海，也不可能找到比这更适合他的话语了。这个表达作为对他目前生活的评价非常贴切。看着过于贴切的印刷字体，他甚至渐渐害怕起来。

"哎，风可真大啊。你看看后面林子里的树。长得那么细，可偏偏又那么高，柔弱地迎着风，摇晃得厉害。不会被刮断吧？"妻子的声音仿佛从远方传来，一半被风声淹没，又似乎隐含着什么重大事件或者寓意，传入他的耳朵。

这时，他才发现妻子就站在他的枕边。她从刚才就一直站在那里。她问他想吃什么，他也不回答，费力地翻了个身，故意扭过头背对妻子。但是，很快他又扭过头来。

"喂，刚才打破什么东西了吧。"

"嗯，用十个铜板买的西式碟子。"

"哦，十个铜板买的西式碟子？你该不会觉得这碟子就花了十个铜板，就以为打破也没关系吧？不管是十个铜板，还是十块大洋，那都是人们随便定的价。对于我来说，它的作用是超过十个铜板的。即便是一枚小小的碟子，也是弥足珍贵的。要说起来，那东西也像是有生命的。哎，你先坐那儿，我得跟你说说。最近一段时间以来，你一个月差不多得弄坏五次东西吧。手里拿着盘子，却心不在焉地想别的事。所以，盘子这时候就会生气，从你手里逃出去，滑落到地上。都怪你总想着东京。你不知道如何在这寂寥的乡下开始丰富的生活。你好好看看，这里其实也很热闹。即便是那些你认为不值一提的厨房用具，只要你愿意倾听，它们也会给你讲许多有趣的故事。热爱生活，真正快乐地生活，说到底不就是发自内心地充分享受这些琐事，享受日常生活吗？"

他像梦呓一般地唠唠叨叨。最近一段时间以来，他总是很少说话，这些话对他来说真是一番长篇大论了。他不停地说着，过了一会儿，原本打算说给妻子听的话，不知不觉间转变方向，变成了自言自语。

然后，他逐渐发现，这些都是他从未想过的一些意外的思考的碎片。这时，当他感觉可能会产生新思想的时候，语言却已无法表达了。语言只是不自然地滑行在思想的表层。"日常生活的神圣，日常生活的神秘。"他感觉自己要说的是人类的语言无法表达的，最后缄口不言。

两人默默地听着肆虐的狂风。过了一会儿，妻子终于鼓足勇气说道：

"亲爱的，父亲三月份给的三百元只剩下十几块了。"他也不回答妻子的话，只是突然小声在口中喃喃自语：

"我既无天分，也无任何自信……"

阴暗在他的周围拥挤喧嚣。那是红色、绿色、紫色或其他颜色的集合体，密不透风地堆在一起，那是令人窒息的黑暗，无比沉闷。他在黑暗中摸索着找到火柴，点上枕边的蜡烛，从床上起身。他端着那盏烛台一动不动，照着睡在旁边的妻子的脸，已经熟睡的她一动不动。在摇曳的烛光中，他盯着那个女人神经迟钝的脸看了一会儿。他就像看到初次见面的人似的，好奇地端详着妻子的脸。

烛光将东西的形状清晰地区分成光与影两个世界。在光线中看到的人脸，沐浴着强烈的侧光，因红色光线的强烈产生的浓淡效果，人的脸变成了完全不同的感觉。他这才深深地意识到，原来人的脸（不仅是妻子）竟都是这么丑陋。在他的眼中，那是一个奇怪的结合体，阴森森的，丑陋无比，令人感到不快。女人扎头发装衬用的假发，解下来放在枕边，团成黑黑的一团。奇怪的是，当他看到那束假发的时候，才终于意识到这个女人是自己的妻子。

他稍微将烛台举高一些又或者紧贴女人的耳边，变换各种角度，像是在玩耍似的，观察那光产生的各种效果。他的妻子依然睡着，根本不知道他的行为，甚至都没有翻身。若是在她脖子上顶把刀，她还能像现在这样安然熟睡吗？不，这女人再怎么迟钝，遇到这种情况想必也会出于人类的本能睁开眼睛吧。必定如此，他这样想着。然后，他又想：这女人现在该不会梦见自己被杀了吧……原来，受到光的蛊惑，人便会联想到各种事情。以前有没有男人曾因为这个缘故动了杀人的念头呢……

"不过，我刚才并非要杀掉这个女人。"

他不由得小声说道，慌忙为自己产生了如此可怕的联想辩解。

"那么……我刚才这样做是为着什么呢？"

他意识到这一点，突然开始摇晃妻子的身体。

现在是深夜。

妻子终于睁开眼睛。灯光似乎有些耀眼，她扭过头去避开摇曳的烛光，半张开口，一副睡眼惺忪的样子，含糊不清地说了一句：

"又要去关门吗？没关系啦。"

说完，她翻了一个身。

"不是。我要去厕所。陪我去一下。"

他从厕所里走出来，推开半扇拉门，准备洗洗手。这时，一束月光从刚才打开的门缝中洒了进来。月光洒在套廊的地面上，形成一个不规则的长方形，闪闪发光。奇怪的是，他刚才醒来前做了一个梦，梦到的情景与此完全相同。同样的契机，同样有月光洒落的套廊,多么不可思议的巧合啊,他先是觉得非常奇怪,然后开始怀疑:现在和妻子两人站在这里不会也是在梦中吧?

"喂,这不是梦吧。"

"什么?你睡糊涂了吧。"

蜡烛拿在他的妻子手中,沐浴着从天上洒落的月光,烛焰变成了微微的红色,失去了其自身的光。火焰在风中摇曳,差点被风吹灭。他的妻子用袖子挡住风,烛焰在袖子的阴影中剧烈摇晃。风逐渐变小了,可天上的云却在迅速地奔向南方,下着小雨从空中飘过的乌云,张开巨大的口子。清冷的月光从那充满幻想色彩的裂口中洒落,照在他们身上。

他忘了洗手,抬头看着难得一见的月亮。那是一轮奇怪的月亮,虽然圆圆的,但下面半边却淡淡的,好像快要消失了似的。上面一半像被什么东西打磨过,清澈透亮,清晰地浮现在乌云之间的深邃夜空中。他觉得上面那一半清晰的弧状特别像一样东西。对!像头盖骨的颅顶。这么一说,整个月亮的形状也像极了头盖骨。那是一个用白银做的头盖骨,被人打磨得非常光滑的,或者是刚从熔炉中取出来的白银头盖骨。联想让他突然想到海盗船之类的东西。"神圣的海盗船"——不知道为什么,这个词突然浮现在脑海中。他痴痴地望着青色的月亮。"啊,和这一样,完全一样,当时我也像现在这样站在这里。云的形状、月亮的形状都和这一模一样,分毫不差。而且,当时我也曾这样想过,想着和现在一样的内容。在那像遥远幽微的小孔深处一样的往昔,也曾发生过与现在完全一样、分毫不差的事情……"他茫然地想着,这个想法在他脑海中一闪而过……

那是什么时候来着？在什么地方来着？

满天飞奔的残云即将把月亮——白银头盖骨吞没。

"可以关上了吗？"

妻子一副很冷的样子，说道。

他听到这句话似乎才终于醒过神来，向前探了探身子，正要洗手。就在这一瞬间——

"啊，不好了！"

"啊？"

"狗！"

"狗？"

他马上抄起一根闩门用的竹棍，用尽全力朝大门口扔去。他清楚地看到自己扔出去的竹棍翻着跟斗落到地上，一条白狗敏捷地躲开竹棍，又猛地扑上去，叼着竹棍径直逃走了。尾巴紧紧地夹在屁股之间，耳朵朝后面竖起来，衔着竹棍的口中露出白牙，啪嗒啪嗒地流着口水，沿着他家门前的路跑开了。月光下，毛发蓬松的银色大型卷毛狗飞快地迈着步子，像穿梭子一样，让他眼花缭乱。那是山里的王禅寺里的狗。虽然只是一瞬间，但他确信无疑。

"疯狗！"

他慌忙呼喊他的狗，不停地喊。狗也许没在家，没有应声。妻子根本不知道到底发生了什么事，但也跟着丈夫喊起了狗的名字。那尖锐的声音遇到山丘，发出回声。他们叫了七八次，外面终于传来沉重的锁链声，两只狗慢吞吞地同时出现了。它们摇晃着身子，把锁链弄得锵郎锵郎地响，一边好奇主人为什么突然叫它们，一边拼命地摇着尾巴，感觉快要把锁链摇断一样，鼻子发出哼哼的响声。

月亮被残云吞没了。

他从妻子的手中拿过烛台，朝两只狗的方向照过去，可是烛火却一下子被风吹灭了。于是，他又马上点着煤油灯，发现两只狗并没有什么异样。

"哎，吓死我了。还以为咱家的狗被疯狗咬了呢。"

他钻进被窝里，仔细地跟妻子解释自己刚才看到的情景。他的妻子从一开始就表示否定。无论月光如何皎洁，也不可能看得那么清楚。而且，王禅寺的狗的确是疯了，可早在大概一周或者十天前就因此被人宰了。所以，当时阿绢才这样说道：

"所以，您家的狗也要多当心啊。"

这件事当时应该是阿娟亲口对他说的。妻子进行了一番分析，详细地跟他解释，想要安慰一下他。可他却认为自己从来没有听过什么王禅寺的狗变疯的事。

"狗的幽灵像那样在田野里跑来跑去。那样的幽灵，只有我能看见……"

……忧郁的世界、呻吟的世界、幽灵彷徨的世界。我的眼睛就是为这样的世界造就的。忧郁的房间里有一扇忧郁的窗，朝着忧郁的废园敞开着。他心想："我现在生活的这个地方，已经不是生的世界，但也并非死的世界，而是介于二者之间的幽冥世界。莫非我活着来到了死的世界并在这里彷徨……据说但丁带着肉身遍历了天堂与地狱，那么……我现在所在的这个地方，至少、至少是一个迅速通往死亡的斜坡，而斜坡的终点即是死亡……"

第二天——雨月[1]之夜的第二天，是一个久违的好晴天。天和地都像在今天早晨刚苏醒过来似的。在这阴雨连绵的日子里，自然万物不知不觉间已变成了深秋的模样。洒落在稻穗上的阳光、清爽的微风，天空以及浮在天空上的那一条细如游丝的白云，都与夏天不同。在他看来，秋天的一切都是透明的，就像是用各种颜色的玻璃拼成的风景。他用整个身体感受这一切，做了一个深呼吸。冷冽新鲜的空气直接进入肺里，感觉比任何饮料都要香甜。也难怪他的妻子今天早晨没有像平常那样把狗拴起来。这样是对的。可以看到他的狗——弗拉特和雷奥正在远处的农田里撒欢。村里的年轻人正抚摸雷奥的头，温顺的雷奥任由他抚摸自己。田野接受着太阳的祝福，狗在田野中奔跑，农夫弯下腰在农田里劳作。他恍恍惚惚地看了一会儿，心想：太阳已经升得这么高了，自己为什么没有早点醒来，好看看这景色呢？他走下套廊，想要去洗把脸。从院子里经过的时候，发现昨天晚上明明应该被白狗叼走的那根竹棍躺在胡枝子花丛下。他的脸上不由得泛起苦笑——不，毋宁说是一种开心的笑。

麻雀飞落到地面上，意欲捡食撒在井边的米。他觉得或许是妻子故意多撒了一些，麻雀竟有三四十只，之前从来没有见过这么多，它们听到他的脚步声，受到惊吓，飞到附近的树枝上。根本没有必要逃走嘛。那棵柿子树的树枝上停着另外一种长着白脸的小鸟。这时，他想起向小鸟传教的圣弗朗西斯。早炊的炊烟从他家屋顶冉冉升起，

1　雨月：此处联系前文或为"雨霁月明"之意。"雨月"一词出自上田秋成的《雨月物语》，原意为"雨霁月朦胧"（《雨月物语》汉文序原文）。佐藤春夫痴迷上田秋成及他的作品，《田园的忧郁》中有不少对《雨月物语》的引用，参见前文"浅茅之家"处注释。

笼罩在柿子树的树枝上，在阳光的照耀下仿佛紫色的绫罗。遭遇风雨的摧残最后不再开花的蔷薇，今天早晨又零零星星地开了几朵。蜘蛛网因挂在其间的露水反射日光而变得绚丽多彩，从蔷薇的叶子上滴落的露珠，一边闪烁一边滚动，落到蜘蛛网上。露珠就像一颗转瞬即逝的宝石，无法拿在手中，蜘蛛网承受不住它的重量，大幅摇晃。露珠顺着蜘蛛丝流向更低的地方，闪烁着落到下面的草叶上。这原本是司空见惯的自然之美，他却觉得十分新奇，看着这一切。

　　他捡起地上的吊水桶想要打水时，往井里看了一眼。无际的苍穹倒映在直径三尺的圆形水面上，深不见底的琉璃静静地铺开，井水本身仿佛发出晶莹剔透的光。他甚至不由得犹豫起来，又放下手里的水桶。看着看着，他的心情就变得像井水一样平静了。因为连日的阴雨，打上来的水其实是浑浊的。但是，平静的心情足以让他原谅这一点。

　　他在妻子准备好的餐桌前坐下的时候原本还是心平气和的。餐桌上摆着妻子前几天从东京带来的另样食物。火炉上，铁壶里的热水正在翻滚。他觉得妻子说得对，忧郁的心情果然是讨厌的阴雨天气所致。他刚要拿起筷子，突然想起刚才在井边看见的蔷薇花蕾。

　　"哎，你发现了没？今天早晨开了好漂亮的花。我的花。大约已经开了两分，而且这次的颜色是更深的红色，十分优雅。"

　　"嗯，我看到了。是其中开在最高处的那一朵吗？"

　　"对啊，就是所谓的'一茎独秀当庭心'[1]哪。"

1　一茎独秀当庭心：出自唐代诗人储光羲的《蔷薇》："袅袅长数寻，青青不作林。一茎独秀当庭心，数枝分作满庭阴。"

然后，他又自言自语地说道：

"新花对白日¹么？不，说'白日'有点奇怪呢。不管怎么说，它们开得不合时宜。"

"到了九月才终于开了呢。"

"怎么样？要不要摘来？"

"嗯，我去摘。"

"摘来放在这里。"他用手指咚咚地敲着圆桌的正中央，说道。妻子马上站起来，先拿来一张白色的桌布。

"那我铺上这个。"

"这个好。嘿，还洗过了啊。"

"这整天下雨的，我怕弄脏了也没法洗，就收起来了。"

"真是太好了。以花为美食开宴会啦。"

妻子听着他开心的笑声，起身去摘花了。不大一会儿，她就拿着一个盛花的杯子回来了。她迈着小步匆匆走进来，那样子颇有几分演戏的味道。这让他莫名不快，他觉得自己就像遭到了恶意嘲讽，有气无力地说道：

"哟，摘了这么多啊。"

"嗯，能摘的都摘来了。全部！"

妻子一副得意的样子，这样回答。这让他感到生气。妻子根本就没明白他的意思。

"为什么摘那么多？有一朵就够了。"

"可是你没有说啊。"

"那我说要你摘很多了吗？你看看。我有一朵就够了。"

"那我去把剩下的都扔掉？"

"算了，好不容易摘来了。算了算了，就放那儿吧……咦？你究竟是怎么回事儿嘛……我说的那朵你都没有摘来啊。"

"什么说的没说的，所有花都在这里啦！"

"是吗？我记得应该有一朵泛蓝的红色花蕾啊。我只想要一朵那样的啊。"

"怎么会有那种啊。泛蓝的红色花蕾，怎么可能有那种花嘛。那肯定是反射了天空的颜色。"

"这样啊。所以……"

"哎，你脸色不要那么吓人嘛。要是我做错了，我向你道歉，对不起……因为我又觉得越多越好呢……"

"用不着那么随随便便地向我道歉。我更想让你明白我的意思……首先，我只想要一枝花，放在眼前，放在向阳的地方，看着它绽放。其次，其他花留在花枝上就好！"

"可是，你原本不是喜欢富饶吗？"

"比起一大堆没有价值的东西，美好的东西只有一件就好。这才是真正的富饶。"他似乎在品味自己说的话，深情地说道。

"好了，快开心起来吧。"

"对。所以啊，难得这么清爽的早晨，遇上这样的事，真是让人心烦。"

但是，他说这些话的时候，已经逐渐可怜起妻子来。然后，他意识到了自己的任性。他看到妻子的食指渗出鲜血，可能是被蔷薇刺刺伤的吧。但是，依照他的性格，非但不会说出体恤的话，还会拼命地遮掩，唯恐被妻子看穿自己的内心。他不知道应该在哪个地方停住这些伤人的话。如此一来，他越发焦躁起来，他努力闭上嘴，拿起盛花的杯子。起初，他拿到和眼睛持平的位置，透过杯子端详。绿色的叶子浸在水中，显得更加翠绿，叶背上偶尔闪烁着银色的光。下面还能看到微微泛红的刺。厚厚的杯底闪烁着像水晶一样冰冷的光。小小的杯子里盛着一个小小的世界，那就是一片绿色与银色的清秋。

他又把杯子端到眼睛下方，仔细观察每一朵花。里面的花，无论是花瓣还是花苞，都不幸被虫子咬了，没有一朵是完整的。这又搅乱了他原本已经慢慢趋于平静的心。

"你看看，这花！你应该好好动动脑子再摘下来。呃，都被虫子咬了。"

他忍不住脱口而出，说完又觉得妻子可怜。突然，他拔出其中最漂亮的一朵花苞，缓和了一下语气，说道：

"啊，我说的花苞就是这一朵。它原来在这里的呀！在这里的呀！"

他想通过这句话缓和一下自己的情绪，同时也安慰一下妻子。但妻子却不回答，只是默默地将米饭盛到她的碗中。他侧目看着妻子，偷偷地看了一眼她的额头。如果将这个杯子砸向她的额头……不，不行，原本就是我太任性了。没有办法，他只好怀着一种又寂寞又悲伤的情绪，把拣出来的花苞放到自己眼前端详起来……这朵依然紧闭的花苞侧面，有一个针孔大小的小洞。那个小小的、泛白的"针孔"穿过层层叠叠的红色花瓣，深入花蕊。毋庸置疑，这是虫子干的。他厌恶地皱起眉头，继续凝视着花蕾。

这时，他突然想到了什么，扔掉手上的花蕾。

然后，他立即把热水翻滚的铁壶从火炉上端下来，接着捡起花蕾，将其扔进了火中，花苞的花瓣立即萎缩，被烧焦了……看到通红的炭火燃烧起来的瞬间，他差点"啊"地叫出声并站起身来。但还是努力忍住了。如果我在这时跳将起来，就真的变成疯子了！他这样想着，又迅速且尽量冷静地用火钳将烧焦的花苞从炉子里挑出来，扔进旁边的炭桶里。他这样做完后，战战兢兢地往火炉里看了一眼，发现里面什么都没有。没有发现刚才的东西，也没有让人大呼小叫的东西。他用火钳搅了一下炭火，那底下也没有翻出来任何东西。他刚才看到炭灰的表面突然变成蓝色，那速度比煤油滴在水面上扩散的速度还要快，或许只是一瞬间的幻影吧。

他再次从炭桶里面取出花苞。用火钳夹住的花苞，被炉火烤得褪了色，而且沾满了乌黑的炭灰。他又开始欣赏它的花茎。花茎上，和他初见的时候一样，随着他手指的颤抖而战栗的花茎上，从花萼到被虫子咬坏的两片叶子背面，布满了小小的虫子。那种不知名的小虫子，和花茎一样是深青色的，真的非常小，却层层叠叠地堆在一起，垒成像幻想中的模型街市的石墙。无数的小虫密密麻麻布满花茎，连个针尖大小的缝隙都找不到。刚才看到炭灰的表面变成蓝色，是幻影，而层层叠叠地将这花茎裹起来的虫子却不是幻影，布满整个花茎，纯蓝色，数也数不清，不可计数……

"啊，蔷薇，你病了。"

这时，他的耳朵突然听到这样一句话。这是从他自己口中说出来的。但是，他的耳朵听起来却感觉那像是别的什么人说的。只能认为是别的什么人借他的口说出来的。这句话是别人诗歌中的一句。他记得有人在书的扉页或者别的什么地方引用过这句诗。

他努力让自己的心恢复平静，便拿起仍旧扣在桌面上的饭碗，递给妻子。伸出手去的瞬间——

"啊，蔷薇，你病了。"

突然，这句话又莫名其妙地脱口而出。

他最终只吃了一碗米饭，就结束了早餐。

妻子小声抽泣，在心中向丈夫发着牢骚："哎，又开始了。"她一边收拾餐桌，一边拿起盛花的杯子，却又不知道该如何处理它。那个烧焦的、被虫子咬坏的花蕾大概是被他在无意识中捻碎了。红红的花瓣碎屑散落在火炉一侧的地板上。他若无其事地看着这些，准备去院子里走走，遂从套廊上迈下一只脚。就在这一刹那——

"啊，蔷薇，你病了。"

犹如仙境的山丘出现在眼前。今天，它在碧蓝色的天空中更清晰地勾勒出女人侧腹般的曲线。山丘的高处，茂密的枝梢呈扇形向下伸展。美丽的云轻轻地从上面飘起来，泛黄的红褐色美得让人感动。曾在一日之间变成紫色的土地，将那绿色的条纹衬托得更加美丽。今天那绿色的条纹上还织进了黑色的影子。那座山丘今天越发吸引他了。

"我最后该不会去那里自缢身亡吧？那里好像有什么东西在召

唤我。"

　　"胡思乱想！不要出于好奇而给自己这种无聊的心理暗示。"

　　"但愿不要忧郁地死去才好。"[1]

　　他的空想使他突然举起自己的一只手，就像要将一条看不见的带子扔向山丘上的看不见的树枝……

　　"啊，蔷薇，你病了。"

　　井里的水依然和早晨一样，静静地、圆滑地荡漾。他的脸映在水中。一片生病的柿子树叶翩翩落了下来，孤零零地浮在水面上。圆形的波纹从那一点波心静静地向外扩展。井水开始摇曳，不久又恢复了平静。静静地，静静地，万籁无声。

　　"啊，蔷薇，你病了。"

　　现在，蔷薇丛里一朵花也没有。只有叶子。就连那叶子都被虫子咬坏了。他不经意地看了一眼，妻子今天早晨盛花的杯子映入眼帘。杯子放在厨房的角落，在餐柜的一侧，孤零零的，红红的，挡着外面的蔷薇丛，这又刺痛了他的眼睛。

　　"你为何总是为这无聊的事生气？你把人生当成了玩物。太可怕了……"

　　"啊，蔷薇，你病了。"

　　屋后的竹林中，一根竹子的枝条上缠着葛叶。虽然没有风，却只有那片叶子，不可思议地使劲左右摇摆。每摇摆一下，叶背都会闪现白色的光。目不转睛地盯着看时……两只狗看到他的身影，急

1　此处呼应前文《浮士德》中靡非斯陀的预言。

匆匆地从田野中跑了回来，一起扑到他的身上。他想躲开它们而扭开身子的时候……伯劳鸟不知在哪棵树的哪根树枝上发出刺耳的尖叫时……抬头看着一群候鸟像飘落一样在夕阳耀眼的天空中乱飞时……昂首看到傍晚明亮的碧空时……傍晚看到远方山脚下的人家生起袅袅炊烟时……都始终有一句话萦绕在他的耳边，那就是：

"啊，蔷薇，你病了。"

这是从他口中说出来的，却不是他的声音。他的耳朵听到的，好像是别人的声音。若非如此，那便是他的口会马上重复耳朵听来的别人的声音，可是，他一整天都应该是没有开口说过话的。

两只狗齐声叫着。它们被自己的回声吓到了，叫得更厉害，回声变得更大，然后狗叫得更厉害……他的心情变成狗的叫声，狗的叫声成了他的心情。在昏暗的厨房里，妻子正在为炉灶生火。妻子想要回东京的心，一定是这种时候在厨房里养成的。猫不知从何处回到家里，不停地叫着，催促主人给它喂食。火一下子燃烧起来，把妻子的半张脸照得通红，那半张脸丑陋地浮现在火光中。在厨房的角落里，盛蔷薇的杯子也在昏暗中孤零零地浮现出来。那蔷薇，那被虫子咬坏的蔷薇，笼罩在烟雾里！

他擦着火柴，准备点上煤油灯。就在手头突然变亮的刹那，一个声音又响了起来。

"啊，蔷薇，你病了。"

他忘了用火柴引着灯芯，竖起耳朵仔细听那声音。细细的火柴棍烧完后，变成红红的一根，然后便马上了无趣味地熄灭了。变黑的火柴头啪嗒一下落到榻榻米上。这个房间里的空气变得忧郁、潮湿、腐烂，油灯点不着了吗？他又擦着了火柴。

"啊，蔷薇，你病了。"

不管擦着多少根火柴，都会听到那个声音。

"啊，蔷薇，你病了。"

那声音到底来自哪里？是天启？还是预言？总之，那声音紧紧地追着他，一直追啊，追啊……

阿绢和她的哥哥

我曾在 K 县 T 郡的 N 村住过一段时间。现在想来，真是有些不可思议。当时我究竟是怎么想的，才要住到那么偏僻的乡下去呢？现在看来，当时我的确是有些过于好事了。不过，当时我是真的曾打算在那个村子里终老一生的。事情不过才过去两年，我已感觉像过了十几年，是很久很久以前的事了。也许，我虽然只在那个村里生活了不到一年，却老了十岁吧。因为，我那段时间的生活真的是太寂寞了。我把当时的生活经历写成了一部小说，叫作《田园的忧郁》（又称《病蔷薇》）。

　　我原本就内心寂寞，而那村子又是一个寂寞的地方。或者说，当时的我中意的正是这一点。那里距东京、横滨和八王子都大概三十公里，可是，几个城市之间的交通却很不方便。业内人士都知道，那里盛产铁道的枕木。而这个 N 村距神奈川通往八王子的铁路却有四公里以上。若错过一趟火车，就要徒等三个小时才能等到下一趟。考虑到这种情况，不如说乘火车其实更不方便。这里的村民前往神奈川，若不是乘坐公共马车，便是徒步。即便是马车的停车站，离我住的地方也有将近四公里的路程。但是，这里的村民仍没有感到不便，因为他们的生活就是如此简单。如今想来，在离我们生活的东京这么近的地方，竟有如此闭塞荒凉的乡村，真是不可思议。就以我自己的经历来说吧，当初偶然发现这个地方时，我坐着公共马车，看着路旁的农田、沼泽、桥梁、树林、桑田和长着杂木林的山坡、种着桃树或梨树的果树林，眼前不知不觉间展现出一片广阔的天地，我也吃了一惊。仔细想来，其实也不足为奇，越是在大城市周边，越容易形成这样的地区。这种现象非常不可思议，同时又颇耐人寻味。

那里位于武藏野的一角。平原在那里到了尽头，逐渐进入丘陵地区，再往远处走就是山地。普通的丘陵重叠连绵，有的山坡上偶尔会因为下大雨或者别的契机，发现远古时期的人类留下的石镞。在 T 河的上游，只有河水流经的地方才会形成一片农田。翻越南边的山丘，可以远远地看到富士山脉的一部分，有的地方还能看到白皑皑的富士山顶。秩父山脉的诸峰就像云层（其实整个夏天我都一直以为那是云），微微泛着黑色，出现在西方的地平线上。那里有几间破旧的茅屋，星星点点地散落在道路的同一旁，山丘的怀抱当中，还有一些茅屋，这些茅屋就像是在用实例展示着人类古时择地而居的情况。我当时住的地方，就是这些茅屋中的一间。

起初我借住在 N 村 I 处的一家寺院里。但是，大概三个月后，便在同村的 K 处租了一栋房子。K 处比 I 处还要往上走大约两公里，交通更不方便。

我们从 K 处搬到 I 处的时候，有个女人为我们领路，帮着搬运行李，用门前水渠里的水帮我们清洗被煤烟熏黑的拉门。那个女人是个热心肠，不辞辛苦地帮我们做了很多事。因为这个缘分，她后来经常到我家来玩。我的妻子（后来我们分手了）没有别的聊天对象，便经常和她说话聊天，有时好像还会请她来帮着洗洗衣服。

"真是个热心肠。"妻子常常这样夸她。

她的名字叫作阿金，是村里的桶匠万平的老婆，当时大约三十五六岁，也可能更年轻一些。不过，说真的，她长得太丑了，所以，到底有多大年纪其实并不是很重要。阿金皮肤黝黑，脸型又扁又长，简直像个栗子，大大的脑袋，没有下巴，而且还很胖。她的丈夫万平则长着一张像蟋蟀一样的脸，干干瘦瘦的。他们很像生活在那种农村的乡下人，是城里很难看到的类型。万平说是喜欢狗，偶尔也会来看看我的狗，不过他很少来我家，阿金倒是经常来。秋天的夜越来越长，阿金便经常提着一些自家田里收获的作物，冒着连绵的秋雨，来我家串门。她很爱说话。在一个雨天的傍晚，阿金突然讲起了自己的身世。我不知道妻子和阿金平常都聊些什么，但那天晚上我碰巧也坐在火炉边，听到了阿金的故事。她的故事比我想象的有趣，我不禁内心有所触动，一直听她把故事讲完。想不到这个表面如此平凡的女人命运却如此多舛，我打量着她，就像看着一汪深不见底的潭水。我稍微有些感动。这也许与阿金提起自己身世的本意完全不同，但总之我被她的故事吸引了。阿金似乎很高兴，她说从来没有人像我这样认真地倾听她的故事，所以向我表示感谢。

从那之后，阿金得空就到我家来串门，一遍又一遍地重复她的身世。现在想来，我真是任性，明明是自己要去乡下寻求孤独，可还没过半年便耐不住乡下的孤寂了。我因一种莫名的乡愁（既是身体上的也是心灵上的）陷入了焦虑。于是，阿金重复的讲述终于让我生起气来，后来只要一看到阿金，我就躲起来。她当时讲了那么多次，甚至让我厌烦。然而也因此，我直到现在还能照她原话完整地把她的故事讲出来。

阿金生于甲州[1]的 M 陵园附近。她六岁时候丧母，被村里的寺院收养。她将寺院的住持称为"大师父"，"大师父、大师父"叫得十分亲近。阿金一直以为父亲早在母亲去世前就死了，自己是个孤儿——母亲生前的确是这样对她说的。但是，后来发生的一些事让小小年纪的阿金也开始怀疑：大师父难道是我的父亲？因为，阿金上学后，在学校里每天都会遭到男生的取笑："嘿，和尚的孩子，和尚的孩子。"阿金起初以为大家之所以这样叫她，是因为自己被大师父收养。但不知为什么，她也有些怀疑大师父也许真的就是自己的父亲。不久，小小年纪的阿金也终于知道了一件事情，原来大师父真的就是自己的亲生父亲。在大师父躺在病床上的临终之际，舅妈（母亲的弟媳）把真相告诉了她。当时她大概才八九岁。

于是，阿金这次真的成了孤儿。舅舅和舅妈收养了她。舅舅家距寺院有六七十公里。他家没有孩子，非常疼爱阿金。阿金在那里

1　甲州：现为日本山梨县。

生活了一年半。

一天傍晚，一个陌生的年轻人来到舅舅家。那个人一副城里人打扮，身上透着这乡下地方难得一见的洋气。他戴着帽子，一身旅行装来到舅舅家里。舅舅和年轻人聊得很开心，阿金在旁边看着他们聊天。过了一会儿，舅舅叫了一声阿金，对她说道：

"阿金，这是你哥哥。"

阿金这时才知道，原来自己还有一个这么大的哥哥。舅舅和那个据说是她哥哥的年轻人喝起了酒。当时好像是秋天，阿金隐约记得炉子里生了火。她好奇地盯着舅甥二人，知道他们正在谈论她的事。过了一会儿，声音突然变大，两人差点吵起来。舅妈走进来，好言劝说。舅舅为人淳朴老实，几乎没见他发过火，可当时他却大发雷霆，而且无论舅妈怎么劝，他都不听，只管大声说："你从小离家出走，你娘死的时候都没回来看一眼，你爹的葬礼也不参加，现在你有什么脸进这个家的门？"舅舅还这样说道："这孩子早就是我闺女了，我绝不可能把她交给你这种小混混。还哥哥、哥哥的，你哪里配啊。"舅舅说着，推开舅妈。哥哥站了起来，他长得高大魁梧。

"那之前我就哭了（阿金如此说），但是见哥哥站起来，我害怕极了，浑身直打哆嗦，也不敢哭了。"但是，最后阿金还是只能跟着哥哥走了。哥哥说："我带你离开这穷乡下，到热闹的城里去。"

哥哥把阿金带到八王子城里。阿金和哥哥一起住进一栋楼房的二楼。那个家里只有一个老婆婆。阿金跟哥哥离开舅舅家的时候，舅舅把她的东西——母亲和父亲留给她的东西全都交给了哥哥。一定是哥哥用花言巧语欺骗了老实耿直的舅舅和舅妈。来到八王子的当晚，哥哥就没在那个婆婆家住。他把年幼的阿金独自留在那里，不知去了哪里，三天两头不在家，有时甚至连续三四天都不回来。老婆婆就会费力地爬上二楼，说：

"有个这样的坏哥哥，真是可怜哟。你哥今晚肯定也不回来了。你一定也很孤单吧。跟我下来，快，快来吧，跟婆婆一起睡。"

哥哥夜不归宿的时候，老婆婆便一定要让阿金和她睡在一个被窝里。即便哥哥晚上不回来，阿金也从来没有感到孤单过。她对哥哥的恐惧依然没有消除，她既不想与哥哥亲密，也没有机会与他亲密，因为他总是不着家。但是阿金想让哥哥回来只有一个原因，那就是如果哥哥晚上不回来，阿金就要被老婆婆搂着睡。即便她不乐意，也没有办法，因为一个人住在二楼，半夜醒来时会很害怕，自己根本睡不着。可是，如果跟老婆婆睡在一起，就总要进行这样一番对话。阿金说到这里，就开始模仿老婆婆说话时的口气。"你哥又到外面鬼混去了。他在外面有女人。阿常就是为这个整天担惊受怕，最后给他害死了。"

"婆婆，谁死了啊？"

"就是阿常啊。"

"阿常？"

"嗯。"

"阿常是什么人啊？"

于是，老婆婆就会说：

"阿常就是俺闺女。"

然后，老婆婆会跟她说许多关于阿常的事，到最后一定还要说一句：

　　"想来阿常真是可怜。你也可怜。俺也可怜。数俺最可怜。"

　　说到最后，老婆婆一定会哇哇大哭起来。一边哭一边接着说。

　　"婆婆，你不要再讲了。"

　　阿金这样说完，也跟着哭起来，哭着哭着就睡着了。

　　老婆婆的背弓得厉害。老得厉害，变得跟个孩子一样，每天晚上都要跟阿金反复说这些事。

　　"是俺的闺女啊……"

　　她说。

　　"想来阿常真可怜。你也可怜，俺也可怜。数俺最可怜。"

　　她又说。

　　然后，老婆婆就再也忍不住，哇哇地哭起来。

　　"婆婆，你不要再讲了。"

　　阿金说完，也跟着哭起来。

　　但老婆婆怎么可能不讲呢？每天晚上，她都用同样的话重复着同一件事，一遍又一遍。一到晚上，就要听老婆婆絮絮叨叨，这让阿金无比伤心和孤单，同时又感到害怕，有些毛骨悚然。她盼着并不怎么想念的哥哥早点回家，仅仅是因为不想听老婆婆讲那些事。但哥哥很少回来，即便偶尔回来也很少在家过夜。他每次回来，都会打开从舅舅家拿来的阿金的衣箱，取出母亲或阿金的衣服，到傍晚就不知道去哪儿了，就这样消失三五天，甚至一个星期都不回来。有一天，哥哥离家十天后，突然带着两个陌生人回到家。他带来的两个人把二楼的衣箱搬下了楼。哥哥跟着那两人走了出去，又一阵子没回来。过了一段时间，他又突然回来了。这次他没有带人，是自个儿回来的。他称赞阿金懂事："难为你一直在家守着。"以前哥哥从没说过这种话。然后，哥哥邀请阿金一起上街游玩。阿金来到八王子后还没有去逛过街，因为没有人带她出去，腿脚不便的老婆婆整天都待在家里。于是，阿金接受了哥哥的邀请，跟他到了街上，逛了很多地方。来到一个地方后，一直默不作声的哥哥突然停下脚步，拉住阿金的手，异常温柔地对阿金说道：

"从今天开始，你就是别人家的孩子了。明白了吗？"

哥哥说完，咣啷一声打开前面一户人家的门，拉着阿金的手走了进去，然后坐在门厅的高台上，说道：

"爷，人给您带来了。"

里面有两个男人，正说着什么。听到哥哥的声音，里面的两人齐刷刷地朝我——阿金看来。其中一个人说道：

"哦，就是这孩子啊。年纪不大，个头倒不小呢。"

另外一个人则说道：

"是啊，这样的话，再过两年就能纺丝了。"

看来哥哥和那两个人早就商量过了。哥哥说了一句"那就拜托你们了。"然后就独自离开了，不知道去了哪里。看到阿金后说"年纪不大，个头不小"的那个人，成了阿金的父亲。在后来很长一段时间里，他总是肆意地对阿金行使所谓父亲——或者说恶父的权力。但是，直到阿金长到三十多岁的今天，都没有受过这个养父的任何照顾。即便是在当时，那个人也不曾为她倒一杯茶水，阿金甚至没在他家门厅坐过。实际上，那天哥哥离开后，阿金就被并非养父的另外一人，也就是那个说"再过两年就可以纺丝"的人带走，送到一户人家做工去了。那年阿金十岁。

阿金被送到八王子附近的一户人家，那户人家以纺织为业。家里除了阿金外，还雇着约十个女工，都是小姑娘，大多都正值妙龄，只有阿金年龄较小。她既不会织布，也不会纺丝。什么都不会，只能给别人打下手，比如别人把缠好经丝的线团放到织布机的木轴上时，她就帮着按住木轴，或者在别人缠丝的时候，她帮着把竹片插进缠起来的丝中，又或者女工们织布的时候不小心弄掉了梭，她便帮忙捡起来。年纪长的姑娘常常捉弄阿金，趁监工不在时，女工们就故意把梭扔在地上，让阿金捡起来。一个跟着一个学，这边扔一下，那边扔一下，故意让阿金来回忙活。有时她们看到阿金弯腰捡梭，还会朝她的头踢一脚，然后大家哄堂大笑。如果这时老板走进来，她们就会像老鼠见了猫似的，马上装作一副若无其事的样子，一声不吭地继续做工。而且，大家会异口同声地说刚才的喧闹是阿金引起的，阿金因此常常被老板责骂，说："哼哼唧唧哭什么。"有时还会挨打。中午、午休或者晚上，姑娘们总是在一起说些下流的话。被大家孤立的阿金没办法，只能待在这些织布的姑娘们身边时，她们也会马上发现她并取笑她："阿金虽然还是个孩子，却都有男人了。""阿金想听有关男人的事呢。"阿金一天不知道会因为这些事被她们弄哭多少次。最后，一到休息时间，阿金为了不让她们发现自己，就一个人跑到仓库的角落里躲起来。织布女工们发现阿金不见了，无人捉弄，便觉得无聊，开始寻找阿金。她们连哄带骗地把阿金带回大家面前，继续变着花样欺负她。阿金的衣服总是脏兮兮的，这也总是被她们笑话："小叫花子。一个零花钱也没有，盂兰盆节[1]也无家可归。衣服就那么一件儿。哟，小叫花子，小叫花子。""因为是个小叫花子，所以才浑身长满跳蚤。""大家离她远点啊，要不然会传上跳蚤的。"女工们常常像这样起哄，嘲笑阿金。实际上，女工们说的这些都是事实，没有人给阿金一分零花钱，到了盂兰盆节，大家都换上新衣服高高兴兴地出门，只有阿金没有地方去。身上的衣服从来没换过，即便入秋了，阿金还是没有可换的衣服。

不过，这户人家也有一个老婆婆。她看到阿金孤单无助，便询问她的身世。那之后，老婆婆就开始注意起阿金来。快要入冬时，她终于发现阿金仍然只穿着一件单衣，便拆了自己的藏青色棉布旧衣裳，为阿金做了一件夹衣。更冷的时候，她又拆掉夹衣，填上棉絮做成棉袄。看到阿金的头上沾满秸秆和线头，老婆婆就叫她洗头，还帮她洗。阿金的头真的已经变成跳蚤窝了。

老婆婆对阿金这么好，女工们好像也厌倦了，不再像以前那样毫不留情地捉弄她，处处欺负她了。阿金终于松了一口气，但是好景不长。一天，一个女工说自己丢了五个铜板，另外一个也跟着说："这么说来，我的钱好像也少了。"接着，又有一个人出来说："我看见阿金上街买零食吃了。"于是，大家马上开始怀疑起阿金来。阿金这样说道："我活了这么大，苦是吃了不少，但人家的东西是

1　盂兰盆节：日本仅次于新年的重要节日之一，旧时为七月十五日前后七日，日本废除旧历之后，现在一般在阳历八月十五日左右（个别地区除外），为家人团聚、祭祀祖先的节日。

一件也没拿过的。别说偷，就是人家丢的东西，都没捡过。"（嗯，我也相信阿金说的千真万确，她的确是个正直的女人。）无端被人冤枉的阿金坦率地解释了很久，可是大家根本不相信她的话。她躺在仓库的干草堆上哭了很长时间。她满腹委屈，非常伤心，当晚就偷偷地离开了那个家，漫无目的地出走了。

她独自一人跑到了八王子。

村子里已经像深夜一样安静，可到了八王子，却发现那里华灯初上，夜晚才刚开始。阿金漫无目的地在八王子的大街上徘徊。她想寻找之前和哥哥一起住过的那个房子，那个每天晚上抱着阿金哭诉的老婆婆的家。但是，阿金怎么也找不到那个地方。也许是因为阿金没记住那个房子的地点，不知道去那个房子的路。总之，在那些她以为的地方，怎么也找不到那个房子。夜越来越深。就在阿金走投无路的时候，小小年纪的她终于想到一个主意：去那里问问吧，去哥哥以前带自己去的那个家里，虽然自己只在那里停留了五分钟就被送去做工了……对，去那里，打听一下哥哥的下落……阿金这样想着，开始寻找那户人家。她找到了。那时的那个男人正巧在家。他看见阿金回来，责问道："你怎么这个时间回来啦？"于是，阿金一边哭一边以一个孩子的细致尽可能详细地讲述了前因后果。男人听了，竟然只说了一句"这样啊"，和颜悦色地告诉阿金："你哥哥目前不在八王子。不过你别担心，住这儿就行了。我是你爹。再也不要去那种坏人家做工了。"

第二天，阿金昨天为止做工的那家纺织作坊的老板上门找人，要把阿金带回去。自称阿金父亲的那个男人，一见来人就怒气冲冲，朝对方破口大骂："把人家孩子叫成小叫花子，还诬陷她是贼，整天刁难。被你们这样欺负，就算是个孩子，也受不了，还有脸上门要人。孩子平安回来就是万幸了，万一她因为被人诬赖成小偷，一时想不开做出什么傻事，你们怎么有脸跟我交代？"阿金悄悄地听着这些话，觉得他骂得痛快。原本上门要人的那些人，就这样挨了一顿臭骂，便灰溜溜地离开了。这时，阿金名义上的那个父亲，看着家里的人，一脸开心地笑了起来。那天，这个父亲给了阿金二十个铜板。这是她第一次收到他的东西，也是最后一次。足以说明他当时多么高兴。多年后，结合他在那之后的各种劣迹，阿金终于明白了他当时为何那么高兴：他原本跟作坊老板约定了务工年限，已经收了预付金，把阿金送去做工，结果期限未满，阿金就跑了回来，这正中他的下怀。他打好了如意算盘，想再把阿金转送到别家做工，以便收取双份工钱。那二十个铜板一定是他给阿金的奖励。事实上，第二天，也就是阿金逃回来的第二天，她就被他送到别家去做工了。

　　阿金去做工的第二户人家——一家纺丝作坊也在附近的村子里。过了不久，阿金就会纺丝了。她喜欢纺丝。一间大屋子里摆着很多台纺丝机。阿金所在的那家作坊里也有差不多十五台机子。借助大型水车的动力，一排纺丝机同时开始运转。阿金年纪小，就负责纺那些像碎屑一样的劣质丝。在这个作坊里，阿金没怎么受欺负——或者说根本没有人搭理她，这对于阿金来说反而是件好事。阿金旁边那台机器上的姑娘是个非常老实又善良的女孩。这家作坊的女工当中，阿金依然年纪最小，其次大概就是这个女孩了。她常常教阿金纺丝的各种窍门。但是阿金现在却忘了她的名字。她有时越是想努力地想起来，就越是想不起来，那个名字好像就在喉咙眼儿，却怎么也想不出来。那个女孩沉默寡言，一天到晚几乎都不开口。不过她有个习惯，就是总爱小声哼唱小曲儿。阿金至今仍清晰地记得那小曲儿的调子，但歌词完全记不起来了。而且，那个女孩长得清秀可爱。坐在那个女孩的旁边，让阿金非常高兴。然而，有一天，那个女孩突然不见了。刚开始的时候，有人来车间巡视工作情况，看到阿金旁边的那个女孩不在，便问阿金她去了哪里。阿金也不知道她去了哪里，便回答说："不知道。"然后，那个人又问大家。大家也都不清楚，纷纷猜测起来。其中一个女工说，刚才曾看见那个女孩在井边用吊桶打水喝。可是两个小时过去了，那个女孩还是没有回来。不久，太阳落山了，天黑了，大家更加担心起来。也有人说女孩也许回家了，于是工厂老板就派人到她家去看了一下。派去的人很晚才回来，报告说她没有回家。女孩的父亲非常担心，也跟着一起来到了工厂。又有人怀疑她迷路了，还有人怀疑她遇上了鬼打墙。老板叫村民们到外面找了一整夜，可无论如何也找不到那个女孩的下落。最后没有别的办法，只好听天由命了。不过，大家仍旧议论纷纷。隔了一天，到了第三天的傍晚，突然哐当一声巨响，整个屋顶摇晃起来。大家大吃一惊，一起跑到院子里，起初以为是地震，可跑到院子里一看，却在苍白的暮色中，看见前天失踪的那个女孩一动不动地站在茅草屋顶上，茫然地看着远方。大家又大吃了一惊，搬来一个梯子，女孩才终于从屋顶上下来。

（"接下来我要说的，才是最有意思的呢。"阿金说。）那个女孩说，她是被天狗[1]劫走了。她说自己在井边喝水的时候，突然有个彪形大汉从天而降，把她带走了，带到一座陌生的深山里。她不知道那是什么地方，总之山里有很多天狗，其中一个天狗看到她，说道：

"她是个好孩子，放了她吧。"

于是，把她劫去的那个天狗也说道："哦，这样啊。"就又带着她飞到天上，用一根带子把她放了下来。醒过神来的时候，她发现自己已经落在这个屋顶上了。那件事之后，女孩变得更加阴郁了，整整一个星期都没有跟任何人说过一句话。嗯，是的，那个女孩当时大约十五六岁。

"那是我第一次见到被天狗掳走的人。"

总之，还发生过这种事。不过阿金没出过什么事，一直在那家作坊当纺丝女工，直到十四岁那年的春天。养父让她辞工，把她接走了。她已经习惯了那个工厂，舍不得离开。而后，她被养父带到花街附近的一家小餐馆当使唤丫头。她从一开始就不想在那里待下去。那里的女侍和顾客经常让阿金感到不愉快。女主人说她没眼力见儿，经常骂她。客人用一些难懂的黑话点菜，故意寻她开心，看她因听不懂而不知所措的样子。有时，他们吩咐阿金去取很多东西，而她照吩咐到楼下去拿时，才发现一样都没有。楼下的人捧腹大笑，可阿金却完全不知到底哪里可笑。现在想来，才明白当时他们说的那些好像都是些荤话。于是，老板娘又骂她是蠢货。这家餐馆里有

1　天狗：日本民间传说里的妖怪之一，与中国的雷神形象相似，一般为红脸，尖鼻似鸟喙，有翅膀可以在天空飞翔。

三个年纪大一点的女侍。她们总是陪着客人用餐，而端盘子、听客人的吩咐等一应差使，都是让阿金一个人负责。那家餐馆不大，顾客却很多，阿金每天都要上下楼几十次，每天都跑得双腿酸痛。没有这种经历的人，根本体会不到那种感觉。而且，毕竟是做那种营生的餐馆，一直到很晚才关门，早晨开门又比较早。每天早晨第一个起床的就是阿金。老板娘躺在被窝里喊阿金起床。阿金要一个人为大家准备好早餐。她忍受着这一切，就连她自己都不由得钦佩不已。但过了不久，她还是逃离了那家餐馆。

阿金没有说她为什么逃离那家餐馆，但她向我们详细地讲述了下面的故事。

她决定无论如何都要逃走。但是，这次她既不想也不能再逃回那个养父的家。所以她决定，既然要逃走，就要回甲州的舅舅家。但是，她身上一分钱也没有。工钱大概都让她那个坏养父拿去了吧。客人经常给那些年纪大一点的女侍小费，却没有人说给阿金一分钱——阿金也从来不想要。不过，我觉得当时阿金应该有六七十个铜板的积蓄。可即便有钱，她也根本不知道能否坐火车到甲州，如果能坐火车的话又应该怎样坐，下了车再怎样走才能到舅舅家所在的村子。毕竟，连舅舅家的那个村子叫什么名字，她都不记得了。不过，她清楚地记得那个村子的风景，只是想着去了就还能认得。阿金犹豫着，就到了傍晚。她决定趁今晚逃走，便谎称出去洗澡，走出了餐馆，手里提着毛巾和糠袋。按照那家餐馆的规矩，大家出去洗澡时，都可以领到一点洗澡钱和米糠。所有积蓄都是随身携带的。除此之外，阿金再也没有别的什么要拿了。但她想到去甲州路途遥远，还没有真正下定决心。她在澡堂子前面来回走了好几次，一边走一边思考，无论如何也下不了决心。这时，有个行人路过那里，问她要去哪里。她说要去澡堂子洗澡，那个人没有起疑心，只随口说了一句"这样啊"。这时，阿金才终于下了决心。她自己也不知道为什么遇到那个人后自己就下定了决心。与她擦肩而过的那个行人消失后，她就朝着和那个人相反的方向跑了起来。跑累了就走几步，有时又跑起来……跑不动了就再走几步……拼命地走啊走啊……

醒过神来的时候，阿金发现自己躺在一个陌生的地方。周围白茫茫的，就像笼罩在烟雾当中。阿金逐渐明白自己在什么地方了，好像是在深山里。阿金躺在湿漉漉的草地上，白茫茫的烟雾是夏天早晨山里的浓雾，周围的视野逐渐清晰起来，雾从下往上逐渐散去，不久就全部消散了，一座高高的山峰耸立在阿金的面前。朝阳仅仅照亮那高耸的山顶的一小部分。阿金环视了一下四周，一个穿着鹿皮劳动裤的白发老翁出现在窄窄的林间小路上。老翁起初好像没有发现阿金，迈着大步，走到阿金身边才突然向后一个趔趄，退了两三步。他停下来仔细盯着阿金，似乎在怀疑自己的眼睛。过了一会儿，他开口问道：

"你在这里干什么呢？"

阿金一边起身，一边回答说想去舅舅家。老翁又问："那你舅舅家在哪儿？"阿金竟答不上来。于是，老翁列举了附近的两三个村子：是某某村，还是某村，还是……这些村名阿金都没有听说过，于是她鼓起勇气说：

"是甲州。"

"甲州？！你到底是从哪里过来的？"

"从八王子。"

老翁听了，非常惊讶，就像刚看到阿金时那样，后退了两三步。然后，他用足以把阿金吓得跳起来的声音大喊："你被狐狸精缠身了。对，没错！看你那眼神！"

老翁像个孩子一样用手指戳了戳阿金的脸。阿金吓了一跳。这时，老翁才好像放下心来似的，说道：

"啊，好了，好了，现在狐狸精已经从你身上离开了。你刚才的眼神，可真把我吓死了！"

老翁说完，再次走到她的身边，认真地跟她解释说：从八王子过来的话，顺着这个方向走，可以走到川越地区，但到不了甲州。比起八王子，川越离这更近一些。从八王子到这里的路途遥远又凶险，女人和小孩是不可能从那里走过来的。然后，他听阿金说自己是走了一个晚上才走到这里来的，更加吃惊了，点着头喃喃自语："你这是被狐狸精缠身了。这附近有狐狸精。"然后，老翁就絮絮叨叨地说刚才阿金被狐狸精缠身时眼神多么可怕，领着阿金朝他家走去。那里长着很多和阿金差不多高、正在盛开的大棵山百合。阿金想伸手摘一朵，才发现手里还像昨天晚上那样拿着毛巾和糠袋。可能真的是被狐狸精缠身了吧。这么说来，阿金也想到一件事，那就是昨天晚上她跑起来之后，有时会回头看一眼，可不管她什么时候回头看，看多少次，都能看到八王子花街的两排路灯在身后闪烁。她不停地走啊走啊，可无论走多远，那灯光都一直跟在她的身后，怎么也摆脱不掉。灯光紧追着阿金，从开始到最后一直与她保持着相同的距离。她拼命地跑啊跑啊，只希望离那灯光远一些，更远一些。也许是听到老翁说自己"狐狸缠身"时突然醒过神来的那一刹那，狐狸精才离身的吧。阿金如此认为，老翁也如此认为。老翁家单门独户，而且他孑然一身，是个烧炭翁。阿金听从他的建议，在他家住了一段时间。老爷爷可怜阿金，安慰她说："到了秋天我也会下山。到时我帮你寻个去八王子或甲州的人，你们结个伴。"

不知道为什么，阿金总是像这样能得到老翁或者老婆婆抚慰。

阿金几乎一口气讲到这里，就突然停住不再往下说了。接着，她这样说道：

"最后，我就来到这种地方——虽然这样说有点不好，但反正我最后就到了这种地方。后来我听说哥哥把我送给的那个人非常坏，竟是赌场里的老大。我可被那个人害惨了。他口口声声说自己是我的父亲，我走到哪儿，他都追着不放，大概五六年前才死了。我来到这个村子里，和万平结婚时，准备正式登记，却发现自己的户籍也在他那里。可是，我又怕去找他的话，不知道他会提出什么无理要求，便找人商量，最后决定等到二十五岁。过了二十五岁，我们就自由结婚[1]了。"

阿金用了"自由结婚"这个词。大概是当时常听人们用这个词，便记住了吧。

---

[1] 自由结婚：指未经父母同意的自由恋爱婚姻。日本旧民法规定，男性三十岁、女性二十五岁后可以不经父母同意，自由结婚，而未达到这个年龄的，则需要父母同意。那个"养父"是阿金法律上的父亲，因此在二十五岁之前结婚需要征得他的同意。

阿金只说了最后来到这个村子，却没有说自己到底经历了什么，为何来到这里。不过，听的人也很容易猜到。所以，即便是阿金本人，也并非刻意隐瞒。她知道我们会想象，所以才没有说那些难以启齿的事。实际上，我们曾无意间听说，几年前这个村子里有家做那种营生的乡下茶铺子。阿金起初来到这里，就是在那家茶铺子当女招待。但是，这里的村民没有人说阿金不好，都说她是个好人，待人热情，性格开朗。就连 I 处寺院里的那个住持老婆——那个爱嚼舌根的女人，听我们说阿金常常过来帮忙时，也说："她呀，是个热心肠的好人，很正直。"阿金也认为自己是个好人，总是努力地要做个好人。我还听她说过这样的话：她说自己受过各种苦，因此格外关注那些有困难的人。阿金的家紧邻八王子通往横滨的大路，在路旁的一块高地上。她在家里做各种家务时，有时会看到心事重重的陌生人从下面路过，步履维艰。那种人身上一定没有几个钱，却徒有一身烦恼——如果是一般人，谁会放着好日子不过，艰难地长途跋涉，从八王子跑到横滨去呢？阿金经常看到那样的人，有时看到抱着婴儿的男人；有时看到年轻的女子到她家旁边的树阴下休息，一个多小时也不离开——她觉得女人也许有孕在身；有时还有疲惫失落的老人，到她家来讨水喝。看到这些人，阿金总会跟他们打招呼。她知道亲切的话语在这种时候能给人带来多大的力量。她还会随手施舍一些东西给他们，或是三五个铜板，或是饭团子和红薯。别人主动要的时候自不必说，即便人家没有要，她也会这么做。她过来问"不好意思，你要不要……"时，那些人会吃惊地看着她，答："要。"遇到十个人，十个人都会如此回答。阿金把东西递过去，他们就会千恩万谢，说永远不会忘记阿金的恩情。有人还一定要问阿金叫什么名字，说去了东京，回来后一定给她写感谢信。有三四个人这么说过，但是到现在还没有一个寄来感谢信。阿金并不想要什么感谢信，但她偶尔会想起那些人，想知道他们后来过得怎么样，还会想起自己的过去。"但是……"阿金说，"这个世上，到哪儿都有爱嚼舌根的。好像有人看到我三个铜板、五个铜板的给人塞钱，我听到有人说：'那个阿金啊，自己穷得叮当响，跟个叫花子似的，还施舍别人，真是不知道自己几斤几两。'所以，后来我就只能偷偷地给。有时会跟着人家走三四百米，找个没人的地方悄悄地把饭团子递过去。"

阿金不仅说了这些事，还讲了那些人的故事，每个都讲得很详细，但每个只讲一遍，不像讲她自己的身世时那样一遍又一遍，所以我现在记不太清了，也没有办法写在这里，非常遗憾。总之，不管怎样，阿金就是这样一个女人：虽然受尽了苦难，却依然心地善良，性格坦率真诚，有时还会说一些与她的性格不搭的俏皮话。每当这个时候，我就感觉自己遇见了在乡下茶铺子当女招待时的阿金。"不过，我总觉得……"有人这样说，"阿金毕竟是做过那一行的，本性难移，风骚得很，总爱勾搭男人。万平也是一个世间无双的大好人。据说以前那家茶铺子的总管现在还经常到她家来，跟她好着呢。每天傍晚，阿金都要去总管山里的小屋。路上遇见熟人，她就说去山里找点木头做木桶。据说她一到山里，就先给总管烧洗澡水。就在前几天，S地区举办庙会的日子，年轻人在山里干完活，玩到深夜两点，回到那间小屋，见阿金还在那里。万平看到她跟那个总管每天到很晚才一起回来，也不说什么。以前也经常发生这种事。万平有时会带着工具出门做工，常常个把月不回家。"像以上这种有关阿金的传言，我也有所耳闻。

有一次，虽然我们并没有问起，但阿金却辩解说，那些都是一些子虚乌有的谣言。

"我的身世简直就像一部小说。"

她这样说完，又讲了下面的事。

很小的时候，哥哥连个招呼都没打，就抛下她逃走了。那之后，她再也没见过哥哥。别说见面，就连哥哥现在什么地方做什么，她都不知道。不光哥哥如此，舅舅和舅妈也是杳无音信。阿金不记得舅舅和舅妈住的那个村子叫什么名字。就算想打听一下，周围也没有人知道。于是，这二十年来，阿金和所有的骨肉至亲都断了联系。她曾经以为舅舅和舅妈可能已经不在人世了。

然而，就在三四年前，她和家人却意外团聚了。

那是三四年前的初夏，一个陌生人突然找到阿金家里，他一副行脚商人的打扮，说自己从横滨来。起初阿金以为他只是个商贩，可他却没有携带任何商品，他是专门来找阿金的。他看到阿金，先说了一句"恕我冒昧"，又问了一下她的出身，突然问道："你是不是有个二十多年前失散的哥哥？"阿金吃了一惊，因为最近她已经很少想起哥哥了，即便偶尔想起来，既见不到他，也不想见他。阿金听那个奇怪的陌生人这样问，一时不知该怎么回答，只是偷偷地打量了一下他的脸。但是，阿金不知道他到底是不是哥哥——她已经完全忘了哥哥的长相。不过，她想起当年哥哥和舅舅差点吵起来时的情形，觉得"哥哥应该长得比这人高大"。陌生人见阿金不回答，又说道：

"我是受人之托。听别人讲了你的事情，我感觉自己受托要寻找的人肯定就是你。"

难怪，这个人果然不是哥哥，阿金明白了。知道那人不是哥哥本人后，阿金这才害怕起来。哥哥现在到底在做什么呢？还有，他托人来找自己，到底有什么企图？希望不要让万平担心才好……或者是哥哥又做出了什么坏事吧？他真的是有可能做出不知道什么坏事的。现在找上门的这个人该不会是警察吧？阿金开始各种猜测，心中开始惴惴不安。但是，她又觉得不太可能，想到既然对方已经找上门来，想必也不容自己否认哥哥的存在，便突然想：干脆去见一下哥哥吧。想见一见哥哥了。阿金简明扼要地讲了一下自己的身世。那个人听了，说道："果然没错。"然后，他把拜托自己寻人的那个人称为"方丈"。原来，阿金的哥哥（？）[1] 在横滨野毛地区的 A 寺当上了住持。那个人转述了哥哥的话：找到之后，想马上见一见被自己抛弃后遭遇不幸的妹妹。阿金想到哥哥的年纪，又听这个人讲了很多事，发现所有特征都与哥哥吻合。于是，她开始确信那个人就是哥哥。但她还是不太相信那个人说的话，她最后甚至想到这种可能：这个世界上还有另外一个人与自己有着完全相同的遭遇，那个和尚要找的妹妹其实是那个人。那天，万平正好去 U 家帮人修洗澡桶了。阿金去他做工的地方把他找了回来，跟他认真商量后，

1　此处出现的（？）是与日文原文一致。

134

认为只有见一下才知道真假，便决定和那个人一起去趟横滨，见见那个奇怪的哥哥。阿金还担心，万一见了哥哥后，互相都不认识对方，那该如何是好？但令人高兴的是，那个人真的是她的哥哥。之前无论如何都想不起来哥哥的长相，可是奇怪的是，见面的瞬间就顿时记了起来。

"啊，对！这个人就是我哥哥！"

这时，阿金既没有感到高兴，也没有感到悲伤，只是茫然若失，呆呆地站在住持居室的门厅。

关于两人分开之后阿金遭遇了什么，哥哥一句也没有问。他只是平静地讲着自己的事，一件一件地讲着，每说一件都要跟阿金道一次歉。阿金的记忆没错，哥哥果然是一个彪形大汉，年纪大概早已过了五十。他说小时候不想在父亲的寺院当小沙弥，就逃离了寺院。走街串巷演过戏，出入赌场当过赌徒，也做过巡警。哥哥将这些事一件件地向阿金娓娓道来。然后，他说原本自己并不看重的东西，现在突然觉得重要起来。这四五年来，他非常想念阿金，也想念哥哥还有舅舅。他还说自己最思念的人是阿金，虽然通过各种方式打听到哥哥和舅舅的下落，却一直都没有找到阿金。他不止一次亲自去八王子寻找阿金。他还说自己几乎都绝望了，整日伤心欲绝。哥哥说得颠三倒四，用词却还文雅。听了哥哥的这番讲述，阿金才知道除了这个哥哥之外，自己还有一个哥哥。但是，问了一下才知道，那个哥哥和阿金及现在说话的这个哥哥并非一母所生，年龄比她大将近四十岁。那个哥哥现在住在东京，在浅草著名的 N·H 寺修行，是一位地位颇高的高僧。德高望重，受人尊敬——"和我这种人不一样。"哥哥当时这样说，"他脚踏实地，非常优秀，一直心无旁骛地潜心修行。"哥哥寻找阿金的时候，也曾去找那个哥哥帮忙。"如果他知道我找到了你，不知道该有多开心呢。"哥哥这样说完，又希望阿金一定去见见那个哥哥。但阿金一点都不想见他，这也难怪，虽说是哥哥，但毕竟不是一母所生，而且之前从未见过面，直到刚才自己都不曾知道他的存在，再者，两人的身份地位也相差太大。她更想见的是舅妈和舅舅。当她听哥哥说起舅舅和舅妈的时候，心想"原来他们还在人世"，高兴得差点跳了起来。但阿金没有说出口，她怕哥哥听了难堪。但哥哥马上就说起了舅舅和舅妈，他们的确还活着，还在甲州生活——不过不在以前那个村子了，现在给山里的一家水力发电公司当山林护理员。"我一直想去看看舅舅，一方面没有时间，但更重要的原因是想到自己以前的所作所为，就不好意思去。包括你的事在内，很多事情都让我没脸去见他们。"然后，哥哥说他跟阿金分开后，去过舅舅家几次。他还简短地说起自己当年在信州[1]和甲州一带流浪的事和其他一些事情。哥哥说："那之后虽然给他们写过信，却一直没有见过面。开始的时候想，如果找到你，就让你先过去看看他们，替我向他们道个歉。可最近一段日子，我以为可能不会找到你了，几乎已经绝望，还以为你可能已经不在人世了，这才下决心准备亲自去看看他们。""但既然现在已经找到你了，那还是让你先去一趟吧。"哥哥说道。然后，他又与阿金商量："我跟你一起去也行，但马上就到盂兰盆节了，我抽不开身。正好

1　信州：现日本长野县，位于本州岛中部。

我有个熟人，是那家公司的技师，他到东京来采购，回程顺便到了横滨。我听说他两三天内就准备动身去那边。如果你时间合适，跟他一起去如何？这样的话，我会派人去你家跟你丈夫说明情况。如果时间不合适，以后找机会也没关系。还是想先回乡下，带丈夫一起出来？"听着哥哥说这些话的时候，阿金不知不觉间已经泪流满面。泪水啪嗒啪嗒落在膝盖上时，她才醒过神来。过来的时候，阿金想，如果那个人真是哥哥，就要对他这样说，对他那样说，可见到哥哥后，想好的话却一句也说不出来了。她甚至忘了自己要说什么。那个坏蛋怎么成了自己的养父？八王子的那个老婆婆最后怎么样了？当年的那个阿常是嫂子吗？这些事，阿金一句也没问出口。最后，她对以前的事只字未提。哥哥问什么，她便答什么。比如关于丈夫万平，以及两人一起九年了到现在还没有孩子……夜深了，哥哥不再说话了，然后好像突然想到一个重要的问题似的，郑重其事地问道：

"你多大了？"

"整三十三岁。"

阿金回答。哥哥没再说话。然后，阿金又问道：

"哥哥你呢？"

"四十三了。"

哥哥回答。他接着依然不说话，陷入了沉思。

阿金也迫不及待地想去见舅舅和舅妈，便听从哥哥的提议，决定马上去山里见他们。哥哥置办了很多礼物，还为阿金置办了一件新衣服。那是托人连夜赶制的。然后，阿金就跟着那个技师，往甲州出发了。在快到甲州的 K 车站下了火车，走了大约八公里山路。

到了傍晚的时候，技师走进路边一户门前种着葡萄的人家。技师是个特别寡言的人，一路上都几乎没有开口跟阿金说过话，所以他并不知道阿金为什么要去舅舅家。技师到了这户人家，也不说那就是她舅舅家。但阿金在进门的瞬间就有一种直觉：就是这里！房间里有一个老翁和一个老婆婆，除了他们之外，家里没有别人。技师只是跟他们寒暄致意，然后就默默地抽烟。老太给两人端上茶水。其间，阿金紧紧地盯着老翁和老太。他们精神矍铄，头发虽然已经全白但依然浓密。老翁和老太肯定就是阿金的舅舅和舅妈，不会有错。那么，应该如何开口呢？阿金想好的那些话，在进门的那一瞬间，也全都派不上用场。因为老翁和老婆婆——也就是阿金的舅舅和舅妈，误以为她是技师的妻子，想当然地将阿金称为"太太"，把她和技师一样招待。"寒舍虽然简陋，但反正再往上走也没有什么事了，不如今天晚上就和太太一起在这里歇息吧。到明天早晨，趁着凉快再赶路也不迟。"老翁和老太一起劝技师。技师说还差一点了，干脆走完吧，而且今晚月明。老太听了又说："您是没有关系，可太太是个女人家，想必已经累坏了。"技师好像很为难，结结巴巴地说着"这……"，阴沉着脸站起身来。无论如何也不住吗？老翁和老太已经开始跟技师和阿金说起了送别的客套话。阿金听了愈发着急起来，可是没有办法，只好硬着头皮跟技师从那个家里走了出来。这时，技师回过头来，一脸奇怪地问阿金：

"你要找的地方不是这里吗？"

阿金听他这么说，才终于鼓起勇气，转身回到舅舅家里，甚至忘了对结伴而行的技师道声感谢。

刚一进门,阿金就大声喊道:

"舅舅,舅妈,我是二十年前离开的阿绢!我是阿绢啊!"

心随着话语变得激动起来。她不由得哭倒在地上。

"阿绢!真的吗……我不是在做梦吗?"

舅妈愣怔了好大一会儿,才终于开口说道。

"你还活着啊。"

最后,舅舅说道。

"眼睛浑了,看不清楚。"舅妈又说道,然后哭了起来,三个人一起哭了起来。在傍晚淡淡的暮色中,哭啊哭啊,点上灯之后,还在哭啊哭啊……

"我的本名其实叫阿绢。辗转了这么多地方,不知什么时候就被人叫成阿金了。"

阿金好像突然想到了这个问题,最后解释说。

美丽的街区

——画家 E 先生为我讲的故事

一天，好友 O 君跟我提起画家 E 先生，E 先生是 O 君偶然结识的一位益友。他听 O 君说起我（大概 O 君把我讲得太有趣了），就从 O 君的书架上拿下我送给 O 君的拙作，带回去读了一下。他将我的作品还给 O 君时，对 O 君说道："我有个故事，很想讲给《指纹》和《一个神圣的传奇故事：鱼的口中如何能吐出金子来》[1]的作者听。"

说实话，之前也有人出于好意给我讲一些故事，期望能成为我写小说的素材，却很少有令人满意的。然而我却觉得，唯独画家 E 先生能为我讲一个让我也感觉有趣的故事。我虽然还不认识 E 先生，却偶尔在画展中看过他的作品，经常在他的作品前驻足，产生某种艺术上的共鸣。E 先生读了我的作品说有趣，我自恋地猜想，这未必全是出于恭维。而这位与我互相通过对方作品产生心灵共鸣的 E

1　均为佐藤春夫的作品，分别作于 1918 年和 1919 年。

先生说，有个故事想讲给我听……出于以上机缘，一个冬天的晚上，我跟着 O 君来到 E 先生的画室，围着火炉边，听他讲了下面的故事。篇首写下原委，向对我提供了许多帮助的 E 和 O 两位仁兄表示感谢。

画家 E 先生为我讲的故事

现在想来，那件事从一开始就有些奇怪。那大概是在八九年前，当时我大概二十一二岁。一天，我收到一封奇怪的信，寄信人一栏写着一个外国人的名字。我上学时没好好用功学外语，一遇到要跟外国人说话的情况就恨不得马上逃走，所以我原本没有会给我写信的外国朋友。对了，那封信的语气从一开始就很随便，用巧妙又简单的日文和笨拙的日本字写在筑地 ¹S 酒店的信纸上。文字不多，言简意赅。信上只有两句话：请今晚六点来我住的酒店。给你说一件有趣的事。此外还有一件事要跟你商量，也许你也会感兴趣……你想啊，收到陌生人的这种来信，我心里别提多害怕啦。收到信时是早上，我还没有起床。那封信让我一整天都心慌意乱。我以为也许是朋友无聊的恶作剧。因为学美术的学生，自从《十日谈》中的布法马可之后，就是以捉弄人为副业的。于是，我便托人给 S 酒店打了个电话，问是否真有一个叫西奥多·布伦塔诺的人住在那里。若真有那个人，就问问他是否寄错信了？然而，很奇怪，我得到的回答是，信就是寄给我的，没有错。

1　筑地：日本东京地区的地名，因海鲜市场而闻名。

五点的时候，天已经很暗了，街上亮起了灯。我记得当时大约是十月份。我一副放荡不羁、邋里邋遢的文化人打扮，提心吊胆地走到富丽堂皇的酒店门口。服务生穿着金色饰绪[1]、金色纽扣的制服，非但没有起疑心，反而像提前有人打过招呼似的，在明亮的灯光下彬彬有礼地把我带到酒店的一间客房。他说了句"请稍等"，便离开了。可不知为什么，邀请我的那个神秘人却迟迟没有出现。我坐在一张大桌子前，桌前堆着很多大开本的书籍。我瞪大眼睛环视了一下客房，看到墙面的一个区域吃了一惊。灰绿色的墙面上挂着一幅约二十五号大的油画。那是一张风景画。我看着那幅画，满腹惊讶和狐疑。疑心最终使我从椅子上起身，走到油画旁仔细观看。我确定那就是我的作品！是《都市的忧郁》[2]。那是我两年多前在画展上展出的作品，也是我开始画画以后正式发表的第一幅作品。不过仔细想来，也没什么值得惊讶或疑心的，因为这幅画确是已经被人买走。当时我出于一种少年的傲慢和觉得反正也卖不出去的自暴自弃心理，定了一个稍微高一点的价格，没想到竟然卖出去了。但当时我在酒店的墙上看到那幅画时，真的很吃惊，因为我完全没有想到会在那里看到那幅画。于是，我越发不知道邀请我的那个人到底是何方神圣了。两年前，我完全没有注意买走《都市的忧郁》的爱好家究竟是个什么样的人。

　　想着这一天中的各种不可思议，我又坐回椅子上，焦急地想快

1　饰绪：欧式军服上的一种装饰，与肩章相连，一般由金色或银色的丝线编成，又称肩带或穗带。
2　佐藤春夫的同名小说《都市的忧郁》作为《田园的忧郁》的续篇发表于1922年。此处为虚构的绘画作品名。

点见到那个神秘的邀请人——买我作品的那个爱好家。我悄悄地看了一眼自己的表：还差一点，不到六点。看来是我内心太慌张，以至于去得太早了。对于不期而遇的自己的作品，我开始反省和批评，过了一会儿也厌倦了。椅子前方的桌面上堆着很多大部头的书籍。我从中抽出一本翻看起来。都是建筑方面的书，里面有很多插图。看着看着，我的注意力就被那些插图吸引了……就在这时，身后响起了沉重的脚步声，门被打开了。我慌忙把大型书放到桌子上，从椅子上站起身，回过头去，看到了西奥多·布伦塔诺（？）。一个年轻英俊、有些微胖的青年绅士大概刚从餐厅用餐回来，穿着晚礼服走了进来。他和我年纪相仿。我正准备礼貌地鞠躬时，他却满不在乎地跟我打招呼，说了声"嗨"，脸上露出笑容。

西奥多·布伦塔诺？

他在信上说的句句属实。看到那张笑脸的第一眼，我就全都明白了。西奥多·布伦塔诺？我忘记了我的老朋友。但这也绝不能怪我糊涂。西奥多·布伦塔诺给我写信时，为什么不像以前那样署名川崎愤藏呢？川崎愤藏是和我一起长大的好友。他若署名川崎愤藏，我必定一分钟也不会怀疑，马上想起他来。问了一下才知道，他绝不是为了吓唬我才胡乱写的名字（当然也不能完全否定他有这个企图）。川崎是个混血儿，用哪个名字都可以。"现在，正式场合，我应该叫西奥多·布伦塔诺。"他笑着说。母亲去世后，他便被父亲接走，加入了美国国籍。川崎的父亲是个美国富商，与东洋有很多生意上的往来，而且喜欢到处旅行。他的母亲过去当姨太太，当时住在东京。川崎十六岁时，他的母亲去世了，川崎便与父亲一起从横滨上了船。记得那天早晨，我把他送到车站，他脱掉中学的校服，穿上量身定做的西装，系上紫色、红色与绿色相间的领带，与身材魁梧的父亲坐上一等车厢，从车窗里伸出头来……记得他常常将父亲送的金表和金牌放进校服的口袋里随身携带……我一边听着川崎讲他离开后的经历，一边回忆他的种种过往。虽然他不像名字那样完全变成了另外一个，但其他方面也发生了一些变化。高高的个子、欢快的口吻、魅力的嘴角、凝视的眼神，以及他拥有的财富，都在短短的几年岁月中获得了长足的进步，而且，是以一种令人吃惊的加速度。我回忆着小时候的他，自己也仿佛回到了小时候……

他说自己两年前来过东京，指着他身后的我的那幅画，说道："你那幅画，有些地方画得挺不错的。"他说自己也多少学过一点画。从他对我的画的评价来看，那绝不是业余爱好者不懂装懂地乱说。他不顾我的异议，激赞惠斯勒的艺术。无论是当时还是后来，我们都常常在一起谈论美术。现在有很多人以美术评论家自居，但实际上，我感觉他比这些人更懂美术……我们就这样谈论美术的时候，他突然改变了说话的语气，讲起他准备实现的"一个不可思议却很有趣的企图"（他的原话）。说着说着，他自己先兴奋了起来，我也被他的情绪感染，跟着兴奋起来。不知不觉间，我们俩就高兴得忘乎所以了。看到朋友如此热爱他那个宏伟的计划，并努力要将其实现，我就不由得赞叹深藏于他内心的那颗"美国魂"（？）。日本也有很多百万富翁，但其中有几人能像他想出这样宏伟的计划来？我觉得，要制定这样的计划，的确多少需要一些天分（？）。现在想起来了，我记得他当时向我讲述计划的时候，曾从隔壁房间拿来一本书，匆匆翻开，为我朗读了其中一段。我没有听懂，是《浮士德》第二部中的一节。（E 先生如此说。他只告诉了笔者诗句大意。笔者猜测可能是下面这段，遂将鸥外博士[1]的译文[2]抄录于此。）

> 我吗？我是散财的力量，是诗。
>
> 我是散尽宝贵的所有、成就自己的诗人。
>
> 我亦拥有无限的财富。
>
> 我为自己估价，自认为绝不输给普鲁托士。
>
> 我装点财神的盛宴和舞蹈，让它变得热闹非凡。
>
> 神没有的东西，我来分与大家……

简而言之，他要倾其所有，找个地方建一个美丽的街区。四年前去世的父亲为他留下的遗产，加上南美洲的一座金矿和其他东西，总计价值约六百万日元[3]。他将这些财产全部换成了现金。这些钱在日本足以做一番大事，但在美国，这些钱的价值却只相当于在日本的六百分之一。他的财产在美国也许只能买一栋房子。但如果他打算在日本花掉这些钱，恐怕能拥有一百栋房子。"对了。"他说："我想要的，绝非那种豪宅大院，只要普通的房子就行了。大小的话，

1　鸥外博士：指日本作家森鸥外，与夏目漱石齐名，代表作有《舞姬》《青年》《高瀬舟》等。除创作外，森鸥外还翻译了大量西方文学作品，对近代日本浪漫主义文学产生了重要影响。他翻译的《浮士德》是第一个日文全译本。

2　以下译文摘选自《浮士德》第二部第二场《皇帝的宫城》之"广阔的大厅"一节中车童的唱词。此处译文根据日文转译。

3　根据日本政府 1897 年制定的货币法，此处相当于九万两黄金。

一栋房子两层楼，占地大约二三十坪¹就够了。我想要一百栋这样的房子。这些房子必须减去一切繁缛，做到尽善尽美。真正好的装饰，必须兼具实用，其本身在功能上不可或缺。认为多余的奢侈中存在美，是基于现代一个更大的谬误而产生的小小的——不，其实也是一个很大的谬误。人总是喜欢物质的丰富，但是，几乎所有现代的奢华都并非源于这种精神。总而言之，即便省去一切冗余，也能做到尽善尽美。我想要一百栋这样的房子。像我刚才所说，只要是普通的房子就行。而今，真正能称为房子的房子能有几栋？很少，就像真正能称为人的人很少见一样。我想让一百个人或一百户家庭住在那一百栋房子里。不是租给他们住，只是提供给他们居住。"他这样说着。这时，我问他打算让什么人住在里面，结果他一脸为难，有些支支吾吾。"这一点，我的想法还不太成熟。我不能当别人的考试官。但是，我是那个由一百栋房子组成的街区的缔造者。如果单纯因这个小小的理由，便可以让我按照自己的喜好选择居住者而不算僭越的话……"他首先这样声明，然后大致列举了以下几条（当时我没有太注意听，记不太清楚了，大概如下）："……一要对我建的房子最满意的人。二希望这些人是自由恋爱结婚，是第一次结婚，且有自己的孩子。三要从事自己最喜欢的职业。所以，他们最熟悉自己的职业且能够以此为生。四不是商人，不是官员，也不是军人。第五点，保证在街区内不进行金钱交易，事先了解并能忍受因此带来的不便。因此，我会在我的街区附近为居民另设一个金钱交易的

1　坪：日本的面积单位，一坪约 3.3 平方米。

区域。最后，住在那里的人一定要养一只狗，爱它。如果天生不喜欢狗，就养一只猫。如果猫和狗都不喜欢，就养鸟。……"

"我呢，"川崎继续说道，"不会超出本分，设置一些条条框框限制入住者的条件。我只是想假定一些东西作为那些房子的入住条件。我既然敢这么做，就做好了被人冷嘲热讽的思想准备，随大家把我说成什么——傻瓜、疯子或怪物……或许，我还要承受更大的压力。因为在这个世界上，仅仅为了做一件与众不同的事，也必须付出各种各样的牺牲……这些暂且不提。首先，我的房子一定要让人住起来舒适。但若不幸的是，即便如此仍无人愿意接受我这些疯狂的条件，住进一个疯子建的房子里，那我就请人经常打扫房子，保持房子干净整洁。到晚上，在没有人住的房子里打开明亮的灯，让窗子里洒落出来的灯光看起来绚丽多彩。我已经为这个小小的街区的后期维护预留了足够的资金——不管有没有人住在那里。我希望那些房子能屹立于人间一百年——其实我想说永远屹立不倒，但我知道那是不可能的。还有，我刚才忘了说，这个美丽的街区必须建在东京市内。在市内划出一个区域，必须是人们常常看到又意想不到的地方。人们只要一看到那些房子，就想住进去。他们听说房子的入住条件时会感到奇怪，不知道这个疯子白白浪费宝贵的巨额资金建这样一个街区究竟是出于什么目的？我想让大家产生这种疑问。这样，我就会作为一个不可思议的人被大家铭记于心，其中尤其是少男少女，他们人虽小，却能够不带任何成见地思考和感受事物。这些尊贵之人看到这样的街区，只要看一眼，就会被它的美所打动。美丽的街区就像优秀的童话故事，深深地沁入他们温柔的心里，给他们留下终生难忘的印象。我希望我要建造的街区是这样的街区——就像小伙子绕道去找美丽的姑娘，孩子们也会绕道来到我的'美丽的街区'。"

"你这有趣的想法，我慢慢了解了。那么，我到底能帮你做些什么呢？"我抬头看着这个令人叹服的策划师、年轻英俊的百万富翁、令人敬爱的老友，问道。他说："首先要选定大体的位置。还有每栋房子的墙、屋顶，为墙壁粉刷上漂亮的颜色，搭配协调的屋顶，由这一栋栋房子组成的整个街区的外观……等计划慢慢成熟，你作为一个画家，一定会有很多事情做。"然后，他拿出一本蓝色的羊皮笔记本，又用数字向我说明他的计划。一向不喜欢数字的我，只看到带着一串零的数字层层叠叠地排列在一起。他用欢快的语调向我解释每个数字的含义，将那本厚厚的笔记本连着翻了二三十页。我大概听懂了一件事，那就是他需要一块占地五千坪、价值约五十万日元的土地。而其他的事情我就听得稀里糊涂，不知所云了。我感到有点为难，但他的热情却不容我开口，说这些都是徒劳。虽然他用数字向我展示了很多，但我却没有清晰的概念，只是茫然地听他的说明。他递给我一支香味醇厚的雪茄，我抽了起来。雪茄冒出浓浓的紫烟，打着旋儿，散发出馥郁浓香。在缭绕的紫烟中，他刚刚向我描绘的美丽街区若隐若现。这比那些数字更有趣。当时我还是会做白日梦的年纪，有时会一本正经地幻想，希望给文学家或艺术家修建一座修道院，供他们从事自己的工作。

我们促膝长谈，不知不觉间，夜已经深了。刚才还能听到的电车的轰鸣声，现在已经听不见了。那天晚上，我坐上了当时在东京还难得一见的汽车。他说就当出去散散步，把我送到了大久保的家。那天晚上是我第一次坐汽车。在车上，他又跟我聊了一些事，比如晚上总睡不着，所以最近都是白天睡傍晚起，还说可以资助一下当时生活窘迫的我……说完这些后，他好像说累了，与刚才的侃侃而谈完全不同，变得一言不发，陷入了深深的沉默。不仅他如此，漫漫长夜中的街区如此，夜本身也是如此……车窗外的大街上亮着街灯，路两旁种着树。我突然感觉自己正经过一个陌生的地方，朝那个根本不存在的"美丽的街区"加速前进。

　　若人类可以随便做自己喜欢的梦，或许那天晚上以后，我便每天都会梦见那个不知将建成什么样却有无限可能，能建成任何样子的"美丽的街区"。实际上，我也曾做过一两次那样的梦——川崎的奇妙计划不知不觉间俘虏了我的心。我怀着梦幻般的心情，背着叮叮当当响的画具箱，在风和日丽的春日，每天漫无目的在东京市内的大街上欢快地走来走去——从在学校学画的时候开始我便一直如此。有时意外遇到可以作画的地方，我却不像以前那样想马上把风景画下来（不过，若没有发生这件事，或许就不会孕育出蚀刻铜版画系列作品《都市风景》了）。总之，无论遇到美丽的树、成排的屋脊，还是在水渠旁或者石墙边，又或者看到在金色的夕阳下闪耀的窗，我都没有放下三脚架，将这些风景画下来。我只是希望快点找到那块虽不知在何处却一定存在的地方，那块播种"蓝花"[1]种

1　蓝花：浪漫主义理想与梦想的象征。见《田园的忧郁》中注释。

子的农田，那块有资格变成"美丽的街区"且被祝福的五千坪土地。我甚至感觉，如果我今天找不到那五千坪土地，它就会消失不见。可是，如果不趁现在赶紧画下来就会消失的，明明是那些如画的风景。

　　几乎近两个月，我都在东京的大街上漫无目的地徘徊。天气逐渐变冷，我每天都失望而归，有时会把失望带到 S 酒店，把失望的心情传染给他。最后，他开始有意无意地对我表示不满。

　　如果这种情况再持续十几天，容易产生热情同时也容易梦醒的我或许就要厌倦了。但是，一次偶然的机会让我想到一个主意——川崎将之称作 lucky idea[1]。你们两位也听说过司马江汉吧？契机就是他的一幅铜版画。那天，我本来也没有抱什么希望，来到大街上，突然想起前几天报纸上刊登的一则消息：日本桥 O 町的 K 美术俱乐部从昨天开始举办展览，让我觉得颇值得一看的那种。当时将近岁暮，世间俗人都忙碌起来，而爱好家们则特意选择此时举办展览。用他们的话说，这次的展览品都是他们收集来鉴玩的，是很久以前从荷兰或西班牙等"南蛮红毛"[2]国家传来的古董。我好奇地去参观了一下。猩红色的呢绒、印着青花和蔓草花纹的黑紫相间的天鹅绒毯、荷兰的碟子、花瓶、坏掉的大型罗盘针等，这些东西杂乱无章地堆在一起，还夹杂着一些受这些东西影响而在日本制造的简单仿品，主要是一些陶瓷器。我决定最后再看这些东西，所以起初只是匆匆瞥了一眼，并没有花时间好好赏鉴。但这并不说明我对那些东西不感兴趣。不

1　lucky idea：好主意之意。因原文为英文，所以此处不译。以下 idea（主意、想法）同。
2　南蛮红毛：日本江户时代将葡萄牙和西班牙及其殖民地称为"南蛮"，将荷兰和荷兰人称为"红毛"。

过，墙上的各种旧版画的确更能引起我的兴趣，其中竟然还有罕见的亚欧堂[1]的画作（我当时第一次听说这个名字）。而且，还有司马江汉的作品，即为我带来所谓 lucky idea 的那幅作品。我只在当时见过一次，也有可能和同作者的其他作品混淆。印象中，那好像是一幅以绿色和麦黄色为基调的淡彩铜版画，画面自然清新，有些地方的油彩因颜色太淡，已经模糊不清了。从构图上来说，地平线比画面三分之一的位置还要往下。那里有一排房子、几棵不太高的树，一条狗和几个小小的人物在长满小草的路上走着。那小人的衣服上，涂着鲜艳的粉红色，大幅增添了画的效果。静静的秋云斜着飘过广阔的蓝天。

画本身或许也发挥了一些作用，但让我萌生那个 idea 的，却是作者本人题写的画题。宽阔的画幅上方有一块仿佛在风中飘扬的挂轴形状的白框。画题就写在里面，虽缺乏新意，却充满一种可爱的稚气。画题模仿活版印刷的字体，写着六个字母：

NAKASU[2]

中洲！中洲！中洲！我这样喊着，快步同时又小心翼翼地——唯恐别人把我当成疯子——从展厅跑了出来。我不知道自己应该先去中洲，还是先去筑地的 S 酒店找川崎。我就这样一边犹豫着，一边快步朝筑地的方向走去。虽然当时是下午三点钟，但上次那个身

1　亚欧堂田善（1748—1822）：原名永田善吉，江户时代后期著名洋风画画家、铜版画家，是上下文提到的司马江汉（1738—1818）的学生。两人直接从事油画和铜版画的创作，被认为是洋画的先驱（参考彭修根：《日本近代绘画史》，世界知识出版社，2010）。
2　即下方"中洲"的日文发音。

穿金色饰绪金色纽扣制服的服务生说他还在睡觉，有些犹豫，不太想去通报，但我还是不由分说地把他叫醒，带他一起去了中洲。一路上，他反复说着"lucky idea""lucky idea"。但我心中却有一种莫名的担忧，恐怕"那儿也不行"，不太想去了。后来我再也没去过那里，不知道那里现在变成了什么样子。不过，当时我们去的时候，那里到处都是垃圾，让人有些心灰意冷。我很快就失望了，根本没有勇气听他的想法，或者向他表述我的想法。我的感想只有一条，那就是："啊，果然不行呢。"我那可怜的朋友默不作声，我猜他看过之后的想法也许和我是一样的。我们站在夕阳下，听着嘈杂的声音，从河上那座不知是叫男桥还是叫女桥的桥上经过时，一方面为了自嘲，一方面也是为了安慰一下我的朋友，我开口说道：

"看来是个荒唐的 lucky idea 呢。"

"怎么会？"他听到我的话，一脸自信地反问道。原来他竟非常中意那个一无是处的脏兮兮的地方。我们走向行德河岸的对面，岸边有一排房子挡住了对岸的中洲，但他仍指着前方的天空，说道："喂，我们到桥上去看看吧。司马江汉一定也是在那里画的。我以前经常乘小船从桥下经过。"

的确，应该到桥上去看看！他说的桥是原来的新大桥，不是现在新建的这座新大桥。原来的新大桥在比现在更下游的地方，更接近中洲。那是……（E 先生说着，站起来从他身后的书架上拿出一个写生本，放在他自己、我和 O 君围坐的桌子上，打开其中的一张空白页，一边声明"当然，不一定准确啊……假设这是隅田川的话……"，一边以画家的敏捷画了下面这张图，向我们说明。不过印在下面的图是他当时送给我的那张图的临摹。）

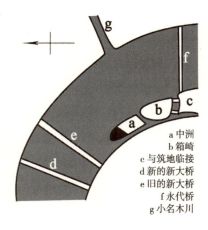

a 中洲
b 箱崎
c 与筑地临接
d 新的新大桥
e 旧的新大桥
f 永代桥
g 小名木川

　　结果，他说他非常非常喜欢那里。实际上，站在大桥上俯视下方，在即将消失的冬天的落日中，把眼前那一片脏兮兮的灰黑色屋顶在内心换成还未成形却有无限可能的"美丽的街区"时，就连我也似乎回心转意，开始喜欢上那里了。然后，他圈定了这里的这个部分（就是 E 先生边说边当着我们的面将示意图涂黑的那个部分），也就是从桥上俯视下方时看得最清楚的部分，扬言打算通过各方努力实现自己的计划。他还说，如果可能的话，他想购得司马江汉的那幅画，以纪念这幅画为我们的计划提供了暗示并促使我们做出了决定，也是为了让大家了解我们的街区——这个"美丽的街区"的原本模样。不过，据说画商以"画的主人毕竟是收藏家春波楼先生"为借口，想要卖个高价，没想到川崎却说"那我们应该尊重这种有偏爱的收藏家"，最终没有买那幅画。

那天晚上，也就是我们将中洲圈定为意中之地的那天晚上，我们的心雀跃起来，甚至还发生了一个小小的插曲，就像节日庆典后的余兴。我为了跟他一起去酒店的餐厅用餐，在他的化妆台前刮掉了留了四个月的乱蓬蓬的胡子，脱掉那身脏兮兮的灯芯绒工作服，向川崎借了一身高档西装穿在身上——据说餐厅规矩繁多，不穿这种衣服就不能进去。我想起一件可笑的事，那天晚上聊得高兴，我甚至不小心忘记自己身上穿的是借来的衣服，便直接穿回了家……我们在餐厅里喝了很多酒。他有几分微醺，回到房间后为我弹了一首钢琴曲。我完全不知道他弹的是什么曲子，弹得是好还是坏，因为我对音乐简直一窍不通。那天晚上，我们照例继续谈论"美丽的街区"。他说自己明天就去调查，看是否能买下今天看到的那块地。他还说自己要在报上刊登广告，招聘建筑师，为"美丽的街区"的每一栋房子进行设计。他把自己比喻成为"美丽的街区"的作曲者，把我称作指挥家，而把自己准备招聘的建筑师称为"美丽的街区"——这个由美丽的房屋组成的管弦乐中的演奏者。我按他的要求起草了刊登在报纸上的广告文案。他说每个月给建筑师支付三百日元工钱。我不知道这些工钱对这份工作来说是否算多，但广告刊登出来后，很多人前来应聘。从这一点上来看，想必这些工钱是足够多的。据说，每天晚上有很多人（将近二十个）前来应聘，没有一个让他满意的。

　　于是，S酒店的客房几乎成了这个奇妙街区的筹建办公室，迎来送走很多应聘者后，就再也没有人来应聘了。然而，突然有一天，一个白发苍苍的瘦小老人走了进来。老人的外表也很有趣。他穿着一件大约四十年前曾流行过的晨礼服，衣服干净整洁，与他的风格相称，显示出一种奇妙的优雅。老建筑师面带那种性格内敛的高雅人士会有的羞涩，出现在川崎面前。川崎说他看到老人的第一眼就喜欢上了他——就像我在几天后第一次看到他时那样。一番交谈之后，他更喜欢那个老人了。老建筑师不紧不慢地耐心回答他的提问。

在明治鹿鸣馆时代 [1]，在那个像因一时冲动在不合适的季节绽放的花朵一样的时代，他为了学习自己喜欢的西洋建筑，自费前往巴黎留学。可是，几年后回到日本时，那个不自然的西化时代已经结束，日本迎来了一个更不自然的退化时代。他此时已人到中年，好不容易学来的技术和知识却在日本意外地失去了用武之地。一个从海外学成归来的建筑师就这样慢慢变老，变得越来越穷困潦倒。后来，他只承包过几个兵营和电影院的设计，也曾通过熟人的介绍为某位华族 [2] 设计过别墅。但他苦心孤诣设计的匠心之作却没有被采用，对方嫌他的设计过于简朴，又说细节过于精巧，但设计者本人却认为，介于两者之间的设计太俗气，根本不中看。于是，这个建筑师——当时即将步入老年的建筑师拒绝了重新设计的要求。幸好他有个孝顺的儿子，儿子当了医生赡养着他。他一直梦想此生建造一栋自己喜欢的房子。虽然没有委托人，也没有可供建房子的土地，但他却在心中幻想各种委托人和可供建设的土地，认真设计了一栋栋房子。

1　鹿鸣馆时代：在外务卿井上馨的努力下，1883 年，日本建成了鹿鸣馆，在馆内召开宴会和舞会等，希望以此推广欧化政策，开启了历史上所谓的鹿鸣馆时代。但不久之后（1887 年），因井上馨在外交上的失败，欧化政策受到批判，鹿鸣馆时代也随之结束。芥川龙之介的短篇小说《舞会》（《舞踏会》）即是以鹿鸣馆时代为背景的一篇小说。

2　华族：明治维新之后设立的阶层之一，指拥有特权和爵位的贵族，地位仅次于皇族，包括旧时代的公卿和诸侯，后来有功勋的政治家、军人、官僚和实业家也位列其中。

这样的纸上建筑，他已经设计了将近五十栋。不知不觉间，他就成了一个满头白发的老建筑师（真是了不起的浦岛太郎啊）。他的家人好像曾试图使他放弃这种奇妙的热情，但他说，自己为数不多的毕生愿望之一，就是将自己设计的房子中的一个，建到真正的土地上。

"我觉得这位人物值得珍重，真的是可以与我们共事的人。在现在这个时代，像他这样真心喜欢自己工作的人真的太少了。我很想看看他那些没有任何目的的设计。他明天晚上六点半应该会过来。我们已经算拥有一个忠诚的合作者了。不过，也要你满意才行。所以明天晚上，你也过来跟他见个面吧？"在见过老建筑师后第二天晚上，川崎跟我说了这些话。第二天在约定的时间，我快到酒店的时候，看到一个老人的背影。他穿着川崎说的那件衣服，先我一步到达酒店的门口，胳膊下夹着一个鼓鼓囊囊的画囊，吃力地爬上门口的台阶。

那天晚上见了老建筑师，我也有同感，完全认同朋友前一天对他的评价。

老建筑师加入后，我们就成了三个人。两个星期后，我们开始迅速推进我们的计划。按照川崎的要求，我们一起工作的时间定在每天晚上七点半到十一点半。当然，并不是规定死四个小时。有时干得起劲儿就常常忘记时间，直到十二点的钟声敲响时才醒过神来。

在偌大的酒店客房里，我们分别坐在自己的桌上，每个桌上都放着一盏台灯。必要时，我们会聚在中间的大圆桌上——那是川崎的座位。第一天晚上，川崎邀请我们去他的房间，一边请我们喝葡萄酒，一边就街区的整体设计方案进行了更具体的说明。他说，根据他的调查，那块四面环水的土地占地大约六千多坪，基本上确定能够购得。他想在中间挖一条宽约五米半的深水渠，以便将这块土地与周边其他地区区分开。然后，在这个区域周围筑起牢固的石墙。区域内的路沿着水渠修建，环绕这块土地。道路同样宽约五米半，在与河水相邻的一侧修建一排大理石护栏，高度大约到人的胸口，上面雕上美丽的花纹。这样，沿着那些护栏和道路建房子，这些房子就会围成一个更小的圆。这样一来，外形各异却搭配协调的一百栋房子，就会形成一个城郭。然后，在这些房子内侧的空地上修建一个庭院。站在庭院中，能看到所有房子内侧的窗……这就是他的大体方案。一栋房子两层楼，占地不超过四十坪。他说，需要更大房子的人不适合居住在这个街区。

眼下我的工作最忙。川崎在那个老建筑师之前漫无目的的设计的近五十栋房子中选了十几栋，认为那十几栋适合建在我们选定的土地上。那些房子的地基和地板都需要大量石材，房子本身是木制土藏式[1]结构的建筑，外形是地地道道的西洋建筑，但房子内部的装饰则是日式的，其本身的设计形成一种独特的样式。川崎还赞叹，房子的内部装饰和外观搭配非常和谐。我根据设计图的侧面图或立体图，将这些房子画成简易的水彩，或者先用铅笔画，再涂上彩色。当我把这些最具有实用性的房子画出来时，发现它同时兼具了美观。我根据自己的想象，在房子旁边或后面画上各种形状的树。这些树也许会让房子变得更加美观。我考虑的树大多是落叶树，有时也会

1　土藏式：房屋整体框架是木制的，四面墙壁用泥土和石灰打牢。

考虑常青树，想象爬满墙的各种常春藤。我每天做着这样的工作。我见过的所有房子、世界上已建成的房子、从豪宅大院的高墙中探出头来的各种树，都成了我的参考。每当我看到天空、云或公园里的花朵、女人的衣服等，都会思考这些颜色能否用在我们房子的墙壁、柱子、露台的栏杆、窗帘或其他家具上。总之，只要看到有颜色的东西，我首先想的就是这个，真可以说是一心一意，心无旁骛。但是，我画了又改，改了又画，有时脑海中会产生各种朦胧的想法，却发现很难将其画出来。当我因此苦恼时，川崎便会提出一些独到的见解，或进行一番细致的点评。他有时也会坐在请人测绘的那块土地的地图前，偶尔抬起梦幻迷离的眼睛，盯着地图。有时他还会读读书，读的是威廉·莫里斯[1]的《乌有乡消息》。他似乎很喜欢那本书。从那时起，他中午过后就起床了。若不需要与人见面商量土地买卖的事，他就会一个人到各个街区走一走，看到喜欢的房子就回来告诉我们。

沉默寡言的老设计师一个晚上也说不了几句话，但他总是面带微笑，说明他的沉默并非出于不悦。当我有需要去他身旁——比如他的设计图传给我，我有什么疑问或想向他咨询时，就走到他身边，经常要反复叫他两三声，他才有反应。有时即便叫好几次，他也不回头，我便只好无奈放弃。老人并非耳聋，他只是太专心了，或者在削铅笔，或者在沉思，或者在转动鸭嘴笔。

出于工作需要，我们房间里开着最亮的灯，宛如白昼一般。当

1　威廉·莫里斯（1834—1896）：英国著名建筑设计师，同时也是十九世纪后期英国积极浪漫主义诗人和小说家，英国社会主义活动家。《乌有乡消息》是他的代表作（参见黄嘉德《乌有乡消息》译序，商务印书馆，1981）。

我们有事要去找另外一人商量时，都会踏着厚厚的绒毯走向对方，尽量避免发出声音，以免打扰对方。那个穿着金色饰绪金色纽扣制服的酒店少年有时也会轻轻打开房门，走进房间，为壁炉加炭。除此之外，这个灯光耀眼的房间里悄无声息，我们像影子一样在房间里无声走动的情形，让我产生一种奇妙的错觉，恍惚以为这是梦中的场景，或是在大镜子中看到的景象，有时甚至像无声电影中的某个画面——我们就这样工作着。

我们每天都很忙，但也很开心。天气逐渐变暖，那个轻手轻脚的服务生已经不再过来为火炉加炭，我们三人也开始在平日里打开身边的窗。到了那个时节，我们的工作开始加速。已经慢慢习惯的我们——我和老建筑师，只要坐到自己的书桌前，好主意就会自然浮现在脑海中。于是，原本没有什么特定任务的川崎自然变得无聊起来。他似乎开始迫不及待地希望我们的"美丽的街区"早日建成。在这一点上，我们的心情也是一样的。然后，他又为自己想到了一个新工作。

一天晚上，我们像往常一样走进川崎的房间，看我们开始工作前聚在一起喝茶的那张大圆桌上放着一把尺子，还有大大小小几把锋利的剪子和刀子。旁边放着一张纸板，上面用厚纸和糨糊建起四栋我们设计的房子。那些纸房子高约两寸，连门和窗的数量和样式都与我们的设计相同，看来他并不仅仅是随手做着玩的。他还按照我设计和指定的颜色，用油画颜料在那些小小的房子模型的外墙上涂上了颜色。颜料还没有干。他一脸严肃，眼神若有所思，一本正经地注视着模型的外墙。从那天晚上开始，川崎就在我们工作的时候，把这件事当成了他自己的工作，认真建造纸房子，并把它们摆好。他以孩童般的热忱埋头于一本正经的游戏中，而每当我们看到他建好一栋纸房子时，也会像小孩一样开心，着迷地看着那房子的模型。

"喂，别看这些房子小，房子里的小房间也划分好了，跟设计的是一样的，很有意思吧？"川崎对我们说道。他说的没错，这些小小的房子里还做了一个个更小的房间，甚至还包含着房子真正建成后的梦想。他每天晚上都痴迷地制作纸模型。在别人看来或许有些傻气，但我们俩并不这么认为。有时，他的工作也会被打扰。那个穿着金色饰绪金色纽扣制服的服务生毕恭毕敬地用托盘端着一张名片，告诉他有人来找他。但这位来访者的到来并未影响"美丽的街区"建设工作的进展，反而说明这项工作正在逐步推进，因为来访者是那块土地的买卖中介，他负责为我们周旋"美丽的街区"建设所需的土地。他们去了隔壁的房间，说要商量土地买卖的相关事宜。

圆桌上的纸房子越来越多。仅仅制作纸房子，已经无法满足我们那个天真又热情的空想家了。他甚至开始在纸板上安装我设想的各种树木和常春藤。这些树木和常春藤是用铁丝和毛线等巧妙地做成的。树木和常春藤的模型做好了，环绕街区的道路及其外侧的护栏也做了出来。不仅如此，就连街区周围的河，他也试着模拟出了效果。他在纸板周围铺上镜子模拟河面，成排的房子模型倒映在镜子中。镜子表面太光滑的话，就无法再现水面的效果，于是他便将镜子换成了半透明的毛玻璃，从而营造出朦胧的效果。他对这个"美丽的街区"的素描——纸模型的痴迷程度逐渐升级，就连我也感觉他用心太过了。

发生过这样一件事。一天晚上，我正看着老建筑师给我的五张设计图，思考怎样排列这些房子才能产生最佳效果，于是进行各种排列组合，并尝试将其画出来，最后确定一个最美的又必然的形式。这种时候，我就会拿出素描本，在上面一通乱画。就在这时，房间里的灯突然全都熄灭了。"怎么回事？"我喊了一声，老建筑师也小声嘀咕了一句。这时，黑暗中响起川崎的惊叫声。是他关掉的电灯。原来他只顾埋头思考，竟然忘了我俩还在房间里于是他重新开灯，问我们是否可以暂停手头的工作，到他的圆桌那里看一下。然后，他又关掉了电灯。不知他什么时候做的机关，桌上那个纸做的"美丽的街区"里，每个房子里都亮着灯光。幽微的灯光从小小的窗子里洒落出来。一个微型街区的夜景展现在我们眼前。从那些"窗子"里洒落出来的灯光，朦朦胧胧地映在用毛玻璃做成的静静的"河面"上。那个地方，他也进行了精心设计。玻璃铺的位置大概与房屋形成了某种恰到好处的角度，很多灯影宛若掠过水面，细细长长地倒映在上面。

　　"对了，顺便说一下。"他这样说着，将柔弱苍白的灯光照在那些房子的屋顶上。我们三人并排站在一起，俯视"月光"下的街区。突然，一根手指从上空落下来，指着小小街区中的空地。战战兢兢的老建筑师有气无力地说道：

　　"好了，该打开灯了吧。我正在为这个房子设计楼梯呢……"

　　……当然，这种事只发生过一次。我们并非每天都在为这个夜晚的街区制造夜晚或月夜的场景。

　　关于美丽的街区应该使用什么样的电灯，川崎也似乎进行过一

164

番深刻的思考。他不满足于像其他街区那样直接从电灯公司买电灯。他似乎觉得，如果那样做，就会影响这个街区的独立或孤立。但是，他也并非想让这个街区的居民使用油灯。"我不喜欢任何形式的时代倒退。油灯虽然令人怀念，但其功能也就仅此而已。就像我们的眼睛不是长在后面而是长在前面一样，凡事都应该向前看……"他说道。我这个在空想中有逻辑又在逻辑中有空想的朋友还说："等到科技足够发达时，即便不依靠大型电灯公司（不光是电灯）等，人们也能得到自己需要的光。到时，大家自己就可以用简单的机器发电发光，就像点燃油灯一样不费吹灰之力。那样的时代一定会到来。到时，各种各样的机器将不再那么可怕或被人嫌弃，而是变成人们日常生活中不可或缺的宝贝，就像现在所有人家将缝纫机视为至宝一样。科学是人类生活的一部分，只有它发展到极致，我们的生活才能变得最完美与合理。我认为现在所有有用的机器，待其完全发展成熟后，都将更容易发挥它的力量，而不再像现在这样只能在大工厂里运转，每时每刻都要耗尽人类全身的力气，侵蚀人类的健康。到那时，所有机器都会像被人精心养育和驯服的温顺野兽和牛马。它们身上只留下温柔的能力，为人类提供帮助。各种必要机器的操作都将变得非常容易上手，只留下温柔的能力，让人们都乐意接近并使用它们，成为人类最灵敏的辅助工具，帮助人类完成快乐的手工。那个时代将是一切机械工业升华为艺术的必经阶段。一切机械工厂，不都是艺术的黩武吗？"他还常说："现在的社会生活，建立在金钱万能这个奇怪论调的基础上。这个论调和与之相伴的各种异端形成一个危险又丑陋的拱形建筑，一种两腿无毛的动物若无其事地生活在这个奇怪的巢穴中。就连高呼改善居住环境的人，终究也不过是在此基础上增添另一种异端而已。"

但是，我只关注自己的兴趣。比起人间的那些事，我更关注云的颜色或星星的运转。我的性格不太适合他那些考察。我不清楚是否只有他说的那些话不是异端，也没有通过询问"为什么"去打扰他的考察，以此来引导他进行更深入的思考。他的话常常让我不知所云，但我发现他的言论中有一种梦想家的激情，就像一股剧烈的海潮。我可以和他同时感觉到这一点，这让人感到愉快。"即便是这片美丽的街区……"有时，他看着纸板上的街区模型说，"我们也只能生成它的外形。'美丽的街区'能否真正变成一个善良又美丽的街区，只有依靠每个居民的心的力量。"

我们开始工作前或者工作结束后闲聊时，他都会为我们提供这样的话题。然而奇怪的是，对他提出的话题，老建筑师比我更感兴趣。所谓"自由民权"思想似乎还遗留在老人的脑海中。

从明治最后一年[1]的二月初开始，我们三人便每天晚上聚在酒店的客房里，埋头工作。就这样持续了三年。第三年的夏天即将结束的时候，户外清爽的阳光逐渐呈现出秋田的色彩。这时，大部分工作都已有了眉目。川崎最早将这个计划分为三期，打算至少花费十年时间完成。但第一期计划在那年初秋就完成了，比预计早了四五个月。毋庸置疑，这都是老建筑师的功劳。几年来，老设计师心无

1　指明治四十五年，即 1912 年。

旁骛地投身到那个由纵横交错的线条构建的世界里，付出了非同一般的热情。但是，就在第一期计划即将结束时，川崎却不再提他的那个所谓"两腿没毛的动物和异端"的理论了，而是迫不及待地催促我们。即便他不催，我们其实也翘首期盼，希望早点看到我们的阶段性成果。

在第一期工作即将完成的那天晚上，我们依旧准备彻夜不眠。那段时间，我们经常整夜都不休息，夜越深，我们的兴致便越浓。当时，我正在画石桥的设计图。我在光滑的白色花岗岩石桥下面留了三个拱形桥洞，以便水流通过。我一边画着桥的设计图，一边想象大桥建成后的情景：涨潮时，水面上升，桥的影子倒映在水面上，细细碎碎地随风摇曳……

川崎将我们叫到房间的圆桌前。几乎已经完工的"美丽的街区"模型旁边，放着三瓶香槟和三盏玻璃杯。我们像往常一样分三个方向围坐在桌旁，杯子分放在每个人面前。川崎将琥珀色的香槟倒进杯子里，说着"喝吧，快喝"，慌里慌张地拿起自己面前的杯子，看着我们，一口喝光了杯子里的酒。

"下一步该买地了……"他接着说了一句。

但是，现在我该说一下我们的计划为何最后没有成功了。但即便说了，想必你们也不会吃惊，因为中洲那块土地到现在依然是一片废墟，到处都是垃圾。你们不仅不会吃惊，很可能从开始听我讲这个故事的时候，就已经预料到这个结局了。然而，我和老建筑师——加上他本人的话，或许应该说是三个人，但除了他之外，我和老建筑师真的完全没有想到。一句话来说，那就是：这个不靠谱的青年根本没有钱，他的资产根本不够建设这个街区。

　　我们继续喝着香槟。这时，他像呻吟似的，尽量压低声音，说道："我爸爸是个骗子，骗子的儿子也是骗子。"他以一种自嘲的态度打开了话头，然后像一头乞怜的狮子，哀伤地看了我们俩一眼，接着说道："以前，我父亲在美国的时候说他在东洋经营大型贸易公司，到了东洋则说自己在美国经营大型贸易公司，就这样骗了很多人，甚至连我都被他骗了。他就这样靠坑蒙拐骗过了一辈子。他去世的时候，留给我一座大型金矿，那座金矿位于南美洲，这一点不是说谎。那个矿区很大。当我从管家那里听说父亲欠了一屁股债而我根本处理不了时候，便决定卖掉那座矿山，当时丝毫没有觉得可惜。只要卖掉那座大矿山的开采权，我就能还清父亲的债务，还能获得巨额现金。在当今社会，有钱就意味着 everything，有钱就是伟大的天分之一，不，甚至可以说是唯一，没有之一。有钱，还可以干干革命。如果拥有那宝贵的'天分'，我就可以做自己想做的事。若是如此，那我要做点什么呢？当时还是十八岁少年的我，有志于当画家的我，在矿山还未卖出去的时候，就开始做起了各种梦，最后想到了这个'美丽的街区'建设计划。我想到'美丽的街区'，想要将其建成一个有生命的大型艺术品。从那时候开始，我就怀着古人建设神殿时的虔诚和崇敬之情，打算建设一些住宅，供人们居住。我常常想，这个大型街区应该建在半山腰，我用尽所有财产建造的房子，应由永恒的石头建成，它们以优美的旋律组成一个美丽的街区。喜欢空想的我，想象无限延伸，幻想中的那个街区经历几个世纪的沧海桑田而屹立不倒，家家户户地面上都长满苔藓，常春藤爬满墙，整个街区完美地融入自然。这里的居民不像他们的祖先那样为了挣钱而工作，他们工作纯粹出于兴趣。这个街区的习俗从建成之日起，就与别的街区不同。从别的街区过来的旅人看到这个街区，就像仿佛看到古寺那样，而这里的居民则会为了看一下他处的习俗，特意跑到山下的停车场……有识之士一定会发现，人类生活的宝贵矿脉一直存在于这个山中的古镇……我甚至像这样在想象中描绘多年以后的未来图景。但是，现实逐渐征服了那些空想，让它变得越来越贫瘠。之所以这么说，是因为我父亲留下的那座矿山其实是一座废矿。那里矿区虽然面积很大，但矿脉几乎已经开采完毕，而这支矿脉采完后，很可能再也找不到下一支矿脉了。于是，展开巨大的翅膀在高空放飞宏伟梦想的我，一头栽到地上。幻想的街区被砸得粉碎。父亲的矿山是座废矿，是座满目疮痍的空山，就像一个没有蜂蜜的蜂巢。他们对我说，卖掉这座矿山，再加上抵押了两次的房子，也不够偿还父亲留下的债务。所以，他们给了我五万美金 [1]，而父亲留下的烂摊子则由德国的叔叔处理。现在想来，我不知道自己是不是被那个坏管家和叔叔骗了，但是，这些都无所谓了。请你们想象一下，当我知道自己拥有的所有财产只有五万美元的时候，我是多么失望？E君、T先生（老建筑师），你们肯定很容易理解吧？二位现在的失望与吃惊与我当时的感觉一定是一样的。

"也就是说，我刚来东京的时候，随身携带的现金不到十万日

1　与现在不同，当时一美金约等于两日元。

元。除了这些钱，我一无所有。什么？两百万日元？我一直在心里想，要是真有那么多钱就够了，要是有那么多钱就好了！于是，我便以仅存于空想中的那两百万日元为基础，建设我的'幻想街区'。当我想到那终究是个'幻想的街区'，根本不可能真正建成时，便想到一个主意。至少我要通过艺术的表现形式让它留在人们的心里。起初，我只是将其当成浮现在心中的奇形怪状的云，像创作散文诗一样在心中描绘。但是，后来为了让其更接近真实，我开始尝试将其写成小说。再后来，为了让那部小说更接近真实，我又想到一个主意，打算将'美丽的街区'建成之前的设计步骤全部记录下来，写进小说里。按照我的小说的构思，这个计划全部完成时，主人公会不幸离世。因此,任何一张世界地图上都找不到那个'美丽的街区'。读者会迷惑，不知道我的小说到底是属于'诗歌'还是属于'历史'。即便读者读完后，知道那属于'诗歌'，但他们仍会因为我倾注的热情或理智、合理的设计，相信'作者只要有钱，就能通过他的热情、设计和足够的财富，将这些房子真的建出来。'我迫切希望我的读者中有个富豪被我的书打动，主动提供资金，帮我实现我在书中描绘的那个梦想……我又开始这样空想了。哎，我自己都觉得自己真是太爱做梦了。我读了很多建筑方面的书籍。每当这个时候，我那个骗子父亲的心脏就会潜入我的心里，首先将我自己蒙骗——有些瞬间，我甚至相信那些钱真的存在我的银行账户里。那样的瞬间后来延长到几分钟，再后来持续的时间更长——当我想象'美丽的街区'时会一直都这样认为。只有在规划这个'美丽的街区'时——还是在晚上，我才是一个拥有巨额财富的大富翁，就像某本小说里的男主人公，白天在小教堂中修行，过着清苦自律的生活，晚上则成为淫荡贵妇的情人，穿上华丽的衣装，沉溺于酒色。不，不仅仅是晚上，无论晚上还是白天，我都忍不住产生这样的幻想。而让我陷入这种幻想的，一半是我自己，另一半则是我遇到的所有人。我瞧不起爱财之人，做事又容易半途而废。似乎就是这两点性格让世间之人相信我是真正的百万富翁，拥有比我真正的财产多出二百倍甚至三百倍的财产。这就是所谓的 lionizing[1] 吗？这也难怪。在我眼中，两百日元的重要程度，和世俗之人眼中的两日元没有什么区别。因此，我并不像世间普通的骗子那样骗取别人的财产。我是个与众不同的骗子，甚至会牺牲自己的财产，做一些在世俗之人眼中完全没有意义的事。我是为了体验自己的幻想，为了购买自身的体验而投资——即便世间原本就有这种买卖，也没有人像我这样全力以赴。所以，或许世人完全没有必要对我心存戒备——只有那个愚蠢的土地中介除外。相信我是大富翁的不只有那些世俗之人，还有你们二位。这让我很过意不去。我意识到要将设计记录写进作品里，靠自己的能力和知识储备都不太够用，所以想到请二位帮忙。当时，连你们也丝毫没有怀疑，相信我就是拥有那种资格的大富翁吧？说起来，有时甚至连我自己都不怀疑自己拥有那样的资格。你们二位，就像别的两腿无毛动物相信异端的存在一样，愚蠢地相信了我，被我欺骗了，拼命地为我工作，就像人们为了赚钱而勤勤恳恳地工作一样。然后，你们现在也惊慌失措，就像他们从异端之梦中醒来时一样。如若当

1　lionizing：重视，看重，把……视为重要的人。原文保留了英文单词。

时，或之后的任何时候，你们其中一位哪怕问一句'你真的行吗？'，我肯定会对你们说'不，这些都是我的幻想'，毫不犹豫地将我刚才说的那些话向二位坦白。你们不知道我是多么希望你们给我这样的机会。我经常想，总有一天，就像今天晚上这样，我要毫无保留地向你们坦白，告诉你们我撒了谎，让你们产生了不切实际的梦想。但是，我没能主动开口说出来。奇怪的是，过了不久，我就在这个忙碌的世界中感到一种精神紧张的愉悦，就像偷情的男女那样。而且，我担心一旦说出真相，你们的热情就会马上消失。与其说我不想被你们当成始乱终弃的薄情郎，毋宁说，我更像一个痴情的青年，明知道不可能与心上人在一起，却沉溺在爱情中不能自拔，为了多享受一点爱，不到万不得已，便没有勇气说分手……

　　"试想一下，现在我们只要闭上眼睛就清晰浮现出来的美丽街区，建成多年后变成了一片废墟。抑或是，建成后，我们发现并不如意，亲手将其破坏了，后来仔细想想，却又发现其实原本不该将其破坏，应该好好珍惜。不，到现在这种时候，我们已没有必要再说这些话欺骗自己。直到昨天为止，我这种傻瓜还会说什么幻想比真实更美。幻想是美，但真实更美。我们'美丽的街区'根本不可能建成。因为我没有钱！我没有建设这个街区所需的天分——金钱。我就像一个慷慨激昂的艺术家，自欺欺人地宣称自己拥有天分，以至于让人信以为真，最后连自己都忘了自己几斤几两，便开始创作伟大的作品，动工后才发现自己根本没有什么天分，便惊慌失措起来。我现在已经到了必须正视这个问题的时候了。后天晚上七点，那个土地买卖中介就会摆出一副狡猾的强卖嘴脸，来询问我的答复。我只好和他见面。我需要支付七十六万几千日元才能买下那块土地，而我现在连三万日元都没有，大概只够支付三分之一的中介费。我狠狠地骗了那个家伙。这种时候，看看那个家伙惊呆的庸俗嘴脸，也不失为一种乐趣。大约三个星期前，我就买了 K 号客船的船票，准备在明天之内逃离日本——至少逃离东京。我原本打算连你们也不告诉就离开的……

　　"但是，E 君，还有 T 先生，二位为我做的工作绝不会白费。因你们各自做出的努力，我幻想的街区在脑海中变得更加清晰了。你们为我提供了许多好的想法和主意，我现在能更清晰地把那个幻想的街区描绘出来。我仍打算把它写进书里，书的题目就叫 'Nisi Dominus Frustra'（若非上帝建造，便仅为徒劳）[1]。等我把书写出来后，准备献给你们二位——纪念我的两位合作者。与我经历同样的失望、具有奉献精神的合作者。我的行李箱中装满了二位的工作，除此之外，里面就别无一物了……"

　　川崎逐渐平静下来。出于强烈的自尊心，他没有向我们道歉，反而以一种傲慢的语气，对我们一会儿威胁，一会儿安抚。但他那张苍白的脸和闪烁着泪光的眼睛却背叛了他的声音。我和老建筑师都不知道该说些什么，也不知道说什么才好，只是沉默不语。我不知道自己做了什么，却看到旁边的老建筑师一脸失魂落魄的模样，颤抖着用双手端起桌上早已经喝空的酒杯，只是不停地做出喝酒的

1　Nisi Dominus Frustra：拉丁文谚语，源自《圣经旧约·诗篇》127：1 "若不是耶和华建造房屋，建造的人就枉然劳力"。括号内释义根据日文原文转译。

动作。川崎好像也发现了这一点，给他倒上香槟，也为我倒上，然后说道："好，让我们为骗子举杯！"

我们三人都陷入深深的沉默，不知是过了一个小时或是更久。隔壁房间有座挂钟，垂下的长链卷起发条。其间，挂钟报了一下时，发出老鹰的叫声。好像是四点。我茫然地盯着那扇朝向街区的窗。一会儿，早晨泛白的阳光从百叶窗的缝隙中洒落进来。这时，我突然鼓起勇气，放声大笑起来。我想知道，在这个恍如白昼却又鸦雀无声的空旷房间里，我的笑声会产生怎样的回响？

"情况就是这样……"川崎最后说道，"从今晚开始，我可能就不在这儿了。你们也不用来了。还有，E君，昨天傍晚我给你写了一封信，寄到了你家。给T先生也写了一封，因为我原本打算不辞而别……天亮了，电车好像也已经发车了。你们该回去了。早晨十点，旧货铺的人会过来，我准备卖掉这里的所有家具。在此之前，我想好好睡一觉……"

他这样说着，站起身来，好像急着撵我们走，自己打开房门，走在前面下了楼梯，叫醒酒店的服务员，让他打开酒店的大门。我们默默地和他分开，离开了酒店。一个奇妙的晚上结束了。天完全亮了，但太阳还没有升起，朝雾从天上落下来，低垂在大街的上方，电车上在其间穿行，车上只有寥寥几个乘客。原本混乱的头脑突然变得清爽了很多。我以为自己的心情已经恢复了平常的状态。但是，过了一会儿我才发现，川崎的那些话太令人意外，我的心的确被打乱了。若是往常，我与老建筑师会微微点头致意，在酒店门口道别后，一个朝左，一个朝右，分别离开酒店。但那天我们却没有分开，而是一起走了起来。我跟着步履蹒跚的老人，朝着自己家的反方向走了起来。我们并排走了很长时间，走上一座桥。那是一座在那一带很常见的桥。此前，老建筑师一直沉默不言，仿佛忘了我就在他的身旁。过了桥之后，老建筑师突然开口说道：

"从今天晚上开始，就再也见不到他了。但是，咱俩还会见面吧？我们交个朋友，偶尔见面商量一下吧，关于那个'美丽的街区'。"声音还是像往常那样怯懦。

他这样说完，抓住我的手腕。我正要回答，放空的大脑忽然意识到大事不妙。

"T先生，我们以后再慢慢聊。我现在必须赶紧回一趟酒店。我要马上见到他！"

建筑师T老先生似乎以为我在生川崎的气，想拦住我。我一把推开他，头也不回地大步朝酒店走去。我似乎看到我的朋友浑身沾满鲜血，躺在白色的床单上。他说要去德国，那是在说谎，他想自杀。他刚才不是说过吗？"在计划全部完成的时候，小说的主人公会不幸离世。"难道那个蠢家伙打算用生命完成自己的小说吗？像他这种把死亡看得很轻的人……我想到一部小说里的主人公，他一边说着"如果别人问起，就说我去了美国"，一边将枪口对准自己的太阳穴，扣动了扳机。仔细想来，他说的那些话其实暗含着死亡的信息。他还说给我写了信，难道那是遗言？！我的心脏怦怦直跳。就像为了赶上心脏跳动的速度，我加快了脚步。我越来越担心，同时也另有一份平静。那天，我怀着"中洲"这个lucky idea，从K美术俱乐部急匆匆地走向川崎入住的酒店时，走的也是这条路……我心里想着"啊，太阳升起来了"，看着地上长长的影子，踩着自己的影子，追着影子向前走，急匆匆地走。转过街角，看到酒店，酒店依然静悄悄的。窗子里面的灯已经熄灭了。我飞奔着跑上酒店门口的石阶，推了一下门。但是，我们刚才出来后，酒店的大门又锁上了。"还没有出事？或者他们还没有发现出事了？"我这样想着，按响了旁边的门铃，按了很长时间。

三年来已经熟悉的一个服务生揉着惺忪睡眼，扣着金色肩带制服的扣子，面无表情地为我打开门，把我带到川崎的客房。与我的想象相反，他的房间没有上锁。打开门，我看到中间的大圆桌上放着一个大皮包。那个街区的纸模型被压在下面，坍塌了。川崎睡在大房间隔壁的房间里，这里静悄悄的。川崎没有死，只是筋疲力尽，像死人一样熟睡着。我开始为自己病态过敏的想象不好意思起来，慌忙对服务生谎称自己有重要的事要找川崎，不想回头还要再来一趟，打算在这里等他起床，然后再跟他说也不迟。于是，就像往常彻夜不眠后的早晨，我走进工作间——不，准确地说，应该是躺在昨晚为止的那个工作间的沙发上，睡了一会儿。

"啊？什么？死了？死了？"有人抓住我的肩膀故意把我晃醒了。我当时这样喊着，一骨碌跳了起来。——我在说胡话。睡着后，我好像还在继续睡觉前那过敏的胡思乱想。实际上，起初怎么也睡不着，迷迷糊糊之间，各种有关川崎的情景不时浮现在现实与梦境的交汇处。我迎着房间里耀眼的晨光，刚刚才终于进入梦乡。

"怎么了？做了什么梦啊？……快点起来。"

把我叫醒的，是在我的胡思乱想中已经死掉的那个人——川崎。

"快点起来。再不起来，我就把你和这个沙发一起卖给旧货铺！"

川崎开着无聊的玩笑。房间里响起生意人看到上等顾客时发出的谄笑。川崎身后有两个男人，一个是偶尔碰面的酒店经理，另一个像是旧货铺的老板。我苦笑着，按照川崎说的去洗了一下脸，然后和他一起来到餐厅的角落用餐。已经十一点多了，吃的是午餐。这是我和川崎最后一次见面。川崎好像真的是打算去国外。他和平常没有什么不一样，虽然脸色有点不好，但依然挂着快乐的笑容，一副和蔼可亲的模样，根本想象不出他就是搞出昨晚那种状况的主角。我想起昨夜——准确地说应该是今天早晨——自己那么慌张，甚至生起气来。这时，他问我："听服务生说，你有急事回来找我？"我只好回答："没有，只是太困了，实在走不动，不想回家了。"我心里又想：当时那么慌张，如果他真的死了，想必我现在正不得不接受警察的问话吧。他好像根本没猜到我的心思，好像比平常更开心，对我说：旧货铺收废品的人如约而至，酒店的经理絮絮叨叨地对他说，既然打算卖，只要跟他打声招呼就好，他会帮忙处理的，于是他便把处理旧家具的事交给他们两个自己去谈了。但是，唯独钢琴，他不太想丢掉，所以，早晨起来就弹了一曲。这么说来，我刚才梦见川崎弹钢琴的背影，原来并不是梦。他还说，如此秋高气爽的早晨，在船舱里应该非常惬意，还有，天空的颜色真的很美。我们就这样一边闲聊，一边从容地吃完了饭。我很想知道川崎寄给我的信上写了什么，但直到最后我都没能问出口。我不想在他面前露出丝毫马脚，怕他知道我的担心。另一方面，我也害怕打乱川崎平静的心，让他又变回昨晚的样子，因此也不想提起这件事。实际上，我比别人多愁善感，看着川崎，想到此别或许将是永别，就有一点淡淡的感伤。不知是因为睡眠不足还是别的原因，桌上新鲜的青苹果的颜色，莫名地勾起了我的离愁别绪。（直到现在，看到青苹果时，我还会想起当时的心情。）酒店的经理和旧货铺的老板指挥两个壮汉将房间里的东西搬来搬去。在嘈杂的房间里，我和他道别，然后离开了那里。后来，我们再也没有见过面——直到现在。他说自己打算坐晚上七点的火车出发。于是，我白天睡了一整天，傍晚六点起床，准备去送他。可是到了酒店才知道，他早在下午四点就已经出发了。那个熟悉的服务生出来接待我时，告诉我老建筑师先一步过来送行，结果也是没见到人就回去了。他说老建筑师中午打电话询问川崎出发的时间时，川崎还说准备七点出发，可突然就改变了日程。他说川崎让他务必向我们问好。我没有亲眼送他离开，所以总觉得他还在这个酒店里，没有离开。不仅如此，傍晚我像往常一样从家里来到酒店时，仍无法相信我们持续了三年的计划竟毁于一旦。所以，赶往酒店时，我甚至仍以为自己还在工作。但是，到了酒店后才发现，那里所有窗子都亮着灿烂的灯光，只有二楼前排角上的房间的两扇窗没有亮灯——那是川崎的房间。到昨天晚上为止我们还一起在那里工作。我不时地回头，漫无目的地走着，满脑子都是"美丽的街区"，不知道怎么走的，也不知到了哪里，只是在夜晚的大街上漫无目的地徘徊，就像无望与心上人在一起的失恋少年。我这才发现，原来"美丽的街区"已经变成了我的心上人。我一边走，一边想到这个比喻，又觉得这好像不仅仅是个比喻。

无论在哪一方面，两者都很像。不知不觉间，双脚带着我走向了新大桥的方向，就像恋爱中的人满心烦恼，匆匆迈着步子，在无意识中将自己的身体送到了心上人的家门口。就这样，我发现自己来到了新大桥前面，于是自然而然地放缓了脚步。这时，突然看到前方四五米，有个人倚着栏杆，好像盯着什么陷入了沉思，对路上的行人视而不见，那个人就是老建筑师。他像往常一样穿着晨礼服。我看清那个人是他后，慌忙转身准备离开。因为，我觉得他还在梦里，而且我怕他发现我，跟我说些什么。无论是什么话，都可能诱我流泪。我讨厌那样的自己，经历了昨晚的事，我已开始神经衰弱了。

"美丽的街区！""美丽的街区！"我想快点忘掉这件傻事。从第二天开始便背着画具箱出门了，无论走到哪里，都支起三脚架，但我根本画不出来。想画树时，就想起"美丽的街区"中的庭院；看到屋顶，就想到"美丽的街区"的屋顶；晚上到了研究所，炭笔不知何时就放弃了女人的裸体画，而是在炭笔画纸的角落画上一排房子。有时连我自己都害怕，以为自己被妖狐鬼怪附身了。

就在这样的日子里，一个傍晚，老建筑师突然来到我家。他要拜托我一件事，一件十分可笑的事。我知道他的性格原本就有些怪，但听到他的请求时，就连早就了解他的我，仍不禁感到惊讶。因为"美丽的街区"建设计划最后被证实是个谎言，所以他后来也没有什么事可做了。之前他每天跟家人讲得天花乱坠，现在已难以开口跟家人说出真相了。于是，在那之后的十多天里，他一直像平常一样晚上七点从家里出门，到街上闲逛或去看看根本不想看的电影，以此打发时间，快十一点的时候才回家，装作仍在设计"美丽的街区"的样子。这种无聊又勉强的方法是不可持续的，总有一天要向家人坦白。可是，他无法做到。这是因为他的家人全都要靠他这份工作的收入维持生计吗？不，并非如此。他有一个引以为豪的儿子，是个医生，在 C 医校当教授。这个孝顺又淡泊的儿子把全部工资都寄给了他们。这个老建筑师和老伴，就是世间所谓的幸福的老太爷和老太太。老建筑师以他一贯怯懦的口吻，语气平静又有些不好意思地对我说了这些。我听着听着，突然觉得也许他的妻子是个难缠的老太婆，有事没事总爱挖苦嘲讽怀才不遇的丈夫。于是，我尽量婉转地问了一下他的妻子是不是那样的人，以及他为何不能告诉妻子"美丽的街区"无法建成的真相。

然而，他的回答却和我的想象截然相反。他的妻子热切企盼丈夫能建成梦想的房子，相信他这次一定能成功建成漂亮的房子，一直与他一起等待梦想实现的那一天。因为这个缘故，他觉得自己愧对妻子的信任，无颜面对她。而且，他描述中的家庭，和他孩童般的羞怯一样可笑，又让人觉得非常难得。于是，我毫不犹豫地答应了他的请求，也更喜欢他了。我们又开始偶尔见面。他有时来找我，我有时也去找他。虽然我们的年龄差比父子还大，但我们却成了莫逆之交。老夫妻的生活平淡又温馨。在这喧嚣的大都市的角落里（日本桥的一个胡同里）竟然还有人过着这样平静的生活，真是让人羡慕。我觉得 T 老先生是这个世界上最幸福的人。即便从世俗的眼光来看，他是一个人生的失败者，但他身边却有那么平和贤惠的妻子、孝顺上进的儿孙，窗边还有一只啼声悦耳的黄莺。最好的一点是，他还会经常做梦，有个梦想的主题——"美丽的街区"。

不过，这位 T 老先生和所有老人一样爱絮叨，常常提起"美丽的街区"，这实在令我头疼。因为，只要听到这个，我就感到莫名的悲伤。

E 先生的故事还没有结束，T 老先生之后的故事还很长。但我觉得没意思，就写到这儿了。听别人讲故事，一开始觉得有点意思便决定写下来，可这样写下来的东西大多都是愚作。我最后又写了一篇这种愚作。但若以后又遇到什么情况，想继续写下去的话，我或许还会写一篇《美丽的街区·续篇》——虽然并没什么用。

但是，结束这个两名二十岁左右不谙世事的青年和一个到六十五岁仍在做梦的老人的故事，这个为与三个主人公一样的人们写的童话之前，我仍要交代一些事情。

T 老先生终于如愿以偿，建成了他理想的房子。那栋房子就是 E 先生著名的画室，里面有个凹室，是个非常温馨的房间。我们就是在那里听他讲了上面的故事，一直听到深夜。一九一六年在 A 展览会上出名的 E 先生的画作《一位老人的肖像》，画的就是建筑师 T 老先生。T 老先生去年去世时留下遗言，将他的孙女许配给 E 先生，嘱咐孙女和 E 先生一起幸福地生活。今年春天，E 先生的妻子高兴地执行了祖父的遗言，并说打算依据"美丽的街区"的规定在明年养一只狗（因为有个迷信，认为嫁人当年不能养狗）。我的雷奥明年春天将会产仔，我答应将其中最好的一只（其实雷奥生的孩子都是好的）送给她。T 老先生的遗爱黄莺则和他精心设计的笼子一起传给了 E 先生年轻、貌美又活泼的妻子。现在放在凹室的窗边，受到他妻子的精心照料。

那么，西奥多·布伦塔诺即川崎愤藏怎么样了呢？他是不是德国间谍，那个"美丽的街区"纸模型是不是像某地的炮台？——这种看似愚蠢却又合理的疑问，是什么人提出的呢？还有，E 先生的画室建在什么样的地方，究竟有多好呢？他哪来的钱修建那么好的画室呢？为什么那个画室的地基石上刻着 T、E 和川崎三个人的名字和年月日呢？ E 先生的家正是"美丽的街区"中的一家，他家到底是什么样的呢？这些问题一言难尽，等我想写《美丽的街区·续篇》时，也许会把答案写出来。

最后，我想将这篇未定稿的拙文作为友情的纪念献给 E 先生和他的夫人。

开窗

从电车轨道往里走十几米，有一个胡同，那里有一排像鸟笼一样的房子，大约有七八间，形成一个小小的街区。我家位于离大街最近的地方。但毕竟是一间小小的出租房，又在市中心，所以不可能有院子。不过，我家房后倒是有个象征性的小院，只有大约十平方米。但是，那里与一个贵人家的豪宅相连，外面是高高的砖墙，而且光是砖墙好像还不满足，又在砖墙上高筑起白铁皮，于是，院子里的阳光就全被挡住了。因为这个缘故，院子里的两株杜鹃花都枯死了。此外，还有一棵枯死的石榴树。我把杜鹃花拔下来，藏到院子的角落里。但让人棘手的是那棵石榴树，因为植株太大，所以无论如何都没办法把它处理掉。很难拔出来，即便好不容易拔出来，也没地方放。想运出去扔了，也不好办，这房子与两边的房子紧挨着，中间只有一条很窄的过道，勉强才能挤过一个人，石榴树长满枝杈，要想把它运出去，必须砍成五十段才行。我原本也只是想在这里暂住，不想那么劳心费事，便一直让它枯在那里。一有汽车从大街上驶过，那棵枯树就剧烈摇晃。枯树的小枝撞到砖墙上面的铁皮板上，发出咣当咣当的巨大声响。经历了地震后，家里的房梁原本就变得松松垮垮，不明真相的客人听到声音甚至以为又地震了，惊恐地瞪大眼睛。除了这棵令人头疼的枯树，小院里还有一些不值钱的灌木，据说是房东专门挑了吉日买来种上的。奇怪的是，唯独这些灌木没有枯死。这就是我家的院子，没有缤纷的色彩，也没有怡人的花香。我常常想起乡下老家的大院子，诅咒自己的都市生活，并顺便怜悯一下普通的城市居民……

现在，这个家里一共住着四个人，但一个人可拥有四叠[1]以上的面积。这些人首先是我，然后还有 A、R 和 T。

最后一个人 T，我稍微介绍一下，她是我未正式登记结婚的妻子，大概从半年前开始住在这里。

我的生活大体上是幸福的，时间在平淡中慢慢地流逝。

前几天发生了一件事。对，应该才过去不到十天。那是一个雨霁天晴的美好清晨，我正用牙签清理牙齿，看到 R 拿着扫帚和簸箕走到厕所后面，准备打扫一下那个十平方的院子。

"呀，对不起，等完事儿我来扫吧。"

突然说话的是邻家豆腐店的老板。他从一个令人意外的地方探出头来。当时我也才发现，哎，竟然在这种地方打了一个洞。原来，

1　叠：榻榻米一块称为一叠，每叠约为 1.65 平方米。

在我家厕所的窗对面、豆腐店的后墙开了一扇新窗。不，还没有完全开好，而是正在开。豆腐店没有请木匠，只有两个汉子拿着锯用力在后墙上打开一个洞，大小约二尺见方。在我家里人早晨还在睡懒觉的时候，人家就已经完成了大部分工作，现在只剩下细节部分的修缮了。

我没搭理豆腐店的老板，回到了房间。不爱说话的 R 好像也没有答话。

"刚才人家说话，不是跟咱们说的吗？"T 问。

"是啊。"

"那怎么不搭理人家呢？"

我不喜欢那扇窗。但人家在自家后墙上开窗，我们也不好抱怨。不过，离我家厕所真的太近了。从我家的厕所伸出手去，都能够着他家的窗，从窗子里伸过手去，甚至能抓住他家的空气。更重要的原因是，我原本就非常讨厌这个豆腐店的老板。他经常找我家房东抗议，说我们往他家屋顶上吐痰或扔东西，还说我们在他家屋后烧东西，熏坏了他的好被褥，处处刁难。他家的屋顶的确是变脏了，我们烧垃圾时也的确不小心烧坏了一点他家房子的木板。不管怎么说，当时这个家里住的全都是男人，生活的确比较邋遢，但我们都不是故意的。无意从二楼的窗子里吐出去的痰，都落到了他家的屋顶上，这主要是因为两家离得实在太近了。在这么市中心的地方烧垃圾的确不对，但说是垃圾，其实也就是些烟头而已，之所以烧掉，是因为烟头堆在小院里实在太脏了。这种事，直接跟我说就好了，也不至于去房东那里告状。但是，既然被人这么说了，想想也是自己不对，便向人道了歉。但如果我想较真，也大约有相同的理由跟他吵起来。一到雨天，我家就没法开门，因为雨水会顺着他家杂物间的房檐流下来，溅到我家的走廊上，这都是因为他家的屋檐肆意伸到我们这边来。而且，他家是卖豆腐的，一天到晚都要烧火，烟囱又很低，烟经常顺着风飘进我家二楼的房间。不仅是烟，他们好像还会往炉灶扔一些刨花或纸屑，低矮的烟囱里就会冒出大量的火星，变成灰烬飘进我家的房间，夏天的时候，在房间里晾白色衣物，都会被弄得脏兮兮的。烟囱建这么低，一定得到了市政的许可，应该烧炭才对。但邻里邻居的，若是这样一一计较起来就会没完没了。只知道别人给自己带来的不快，却看不到自己给别人带来的麻烦，对于这种以自我为中心的人，我也只好苦笑，不去与他计较。

若仅仅是这些事，我们应该还会相安无事。但是，今年春天，有个朋友把小狗寄养到我家。他家刚刚搬家，和邻居家之间的墙还没有砌。他说墙很快就会砌好，希望在此之前，能把小狗寄养在我家几天（我喜欢狗是出了名的）。那条小狗出生还不到两个月，很快就习惯了我家的生活。然而，一天早晨，小狗却不见。去找它时，听附近的小孩说小狗被豆腐店的老板打死，不知道扔到哪里去了。据说起因是我家的小狗在他家孩子脚边撒欢，把他家的孩子吓哭了。一个大一点的孩子说，豆腐店老板一个箭步冲出来，说反正这条狗没有狗证，可能还是条疯狗，便抄着一根大铁棍朝小狗的头砸下去。小狗在原地翻了一个身，扑棱一下倒在地上。然后，豆腐店老板就把狗捡起来，扔进大街上的污水沟里。附近荞麦面馆家的小孩走过

188

来，说狗其实没有死。他看到小狗在水沟里挣扎，就把它救了上来，见它浑身是泥，还给它洗了个澡。帮我家做饭的老婆婆把这件事告诉了当时还在睡觉的我，问我应该如何处理那只奄奄一息的小狗。"没办法。既然救不活，也别折腾了。我不想看它那样痛苦挣扎。等它死了，我亲自去把它扔到豆腐店的门口。"我这样说着，坐起身来。老婆婆一个劲儿地道歉，好像是自己错了似的。她说自己一直小心不让小狗从院子里跑出去，可最后还是不小心让它跑出去了，还说，豆腐店的老板可能一直不高兴。"小狗嫌给它准备的小窝太冷，总跑到豆腐店的地板下面，有时会哼哼鼻子，可能豆腐店的老板也觉得它太吵了。"老婆婆说话的时候，那口吻让人觉得她本人也很讨厌小狗，这让我越发感到不高兴。窗外淅淅沥沥地下着春雨。我往豆腐店的铁皮屋顶上吐了一口痰。然后，想到小狗的主人怎么会愿意将自家的小狗寄养到这么局促的地方，我就生气起来。

一个客人告诉我，路上有很多人正在围观一只奄奄一息的小狗。我说那是我家的狗，问他"还没有断气吗？"，他说已经死了八成了。不一会儿，我家门口吵嚷起来。附近的孩子们争相喊着我家那个烧饭的老婆婆"婆婆，小狗来了。""婆婆，小狗来了。"

小狗摇摇晃晃地走过来，它一心嗅着地面，眼睛向上翻着。我叫了一声，可它却连眼珠子都转不动了。我心中升起怜悯之前，首先感到了可怕。它的头肿了，浑身沾满湿漉漉的污泥，像一块破裂的木板。早晨也没有喂它饭——倒是给它食物了，但它看都没看一眼。连续两天，小狗连水都没喝一口，但是，它的伤还是恢复了。我很高兴，趴在地上学小狗摇摇晃晃回来时的样子，逗得大家哈哈大笑。我乘着兴致，试着以独白的形式对小狗的心理进行了一番描写："……我可能马上就要死了……我周围这些人是看我热闹的……咦？这是哪儿啊？对了，这是某条路的路旁……我就要横尸路旁了。大家肯定都以为我是无家可归的流浪狗呢。我才不是呢。我有家，家里人肯定都在担心我。对。我如果就这样死在这里，就真是死得太丢脸了。总之，我要想办法回家，这才是这种时候的第一要务……"这时，学着狗倒在地上的我，摇摇晃晃地站起来。"……可是，我家到底在哪儿呢？"……扮成狗的我，向上翻起眼睛，将鼻子贴在地面上，摇摇晃晃地走了起来……

这些都是 T 还未住进这个家里的时候发生的事，所以她不知道我为什么不理豆腐店老板。大家以为我很冷静，但其实我对豆腐店的老板恨之入骨。起初我只当他是个自私之人，但后来我得出一个真理，即"爱花之人是诗人，爱动物之人是善人"，并由此将豆腐店老板归为恶人那一类。我也不喜欢他那种"没有狗证便打死也无妨"的正义感。于是，我家决定不再买他家的豆腐。我原本就不喜欢吃豆腐。对了，这个人将我家的院子和厕所作为他家唯一的景观，擅自在后墙开了个窗（像我前面说的，这很滑稽）。情况对自己不利的时候，便学着一般人的口吻，装出稍微温和一些的口气，说什么"哎呀，一会儿我来扫吧。"这种人，我干吗要理他。我从未因别人身份低贱而瞧不起人。我瞧不起他，并非嫌弃他是个卖豆腐的，而是讨厌他的厚脸皮。——可是，我连豆腐店老板的长相都记不清楚。

我自己也发现自己的偏执有些幼稚可笑——好像真的很可笑。

总之，我没有搭理豆腐店老板。我不打算同意他在那个地方开窗。

窗与窗像这样对着开，从我家厕所里往对面看，对面房间里的情形就一览无遗。既然他们未经同意就擅自在这么奇怪的地方开窗，那我们也就没有什么好客气的，干脆也不关上厕所的窗。对方明明是在玻璃上贴着纸的，却不知为何一天到晚都开着，于是，我家厕所的窗也有了一个景观。

那个房间是一间厢房。说是宴会厅有些奇怪，总之是一栋独立的房子，白铁皮屋顶就是我们吐痰遭到抗议的那个屋顶，而地板下面就是我家小狗跑进去睡觉的地方。从屋顶的面积判断，房间面积大概有六叠。但是，从厕所的窗看到房间里打着壁橱，因此实际使用面积大概只有四叠半。有个男人独自在那里生活，好像是新搬进来的。豆腐店老板大概是把那间房子租了出去。他家新的同住人——对于我来说，则是新邻居——是个三十多岁的男人。但是，他什么长相，是做什么的，我则完全没有兴趣。只是，我对那扇新开的窗的敌意似乎慢慢变淡了。若豆腐店老板不小心扔过来什么东西，哪怕一张纸片，我都会将他骂得狗血淋头，但对这扇窗，我却没了这种敌意。

"说是个单身汉，不知道到底是做什么的？"女人好像多少有些兴趣，这样说道。但后来也没成为大家谈资，看来没有什么有趣的发现。然而，前天晚上……

家里来了客人，大家都在二层。T突然在下面喊道：

"A先生，R先生，你们快下来看，有新鲜事儿。"

好像是在开玩笑，但听声音又像是真的，于是 A 和 R 便下了楼，然后三人在楼梯上议论起来。我也想知道到底是什么事，因为客人是个很熟的朋友，我便也丢下他下去看。T 站在楼梯中间，指着那扇窗子，迫不及待地小声说道：

"新娘子刚到。对，是娶媳妇儿。婚姻介绍所里的人带来的。介绍人向男女双方各收十五块介绍费。已经收到钱了。我还听他们说回娘家什么的……" T 发现这些无聊的事，以为遇到了什么稀罕事儿，开心得像个孩子，"真是够着急的。已经梳上丸髻[1]了，你快看哪。"

我也稍微有点兴趣，看了一眼。真的有个大约二十五六岁的女人，盘着丸髻，坐在正对窗的位置。我并不是那么好奇，便没有继续看下去。但是，从这种地方看人家这样结婚，有些古怪可笑。我甚至觉得，幽默这个词的真正含义大概就是这样吧。问了一下才知道，邻居穿着板板正正的和服罩衫和斜纹哔叽裤裙，看来一定是明媒正娶、一本正经的大喜事。据说介绍人一边对新郎说"一星期以后也行，半年以后也行，等手头宽裕的时候，带上新娘子回她娘家看看。自己放心，让人家也放心"，一边收了十五块钱。此外好像还有三四个人，从这里能清晰地听到他们谈笑的声音。

"对了，对了。" T 好像突然想起来似的，说道，"昨天有个他朋友模样的人过来，原来真的是说娶亲的事儿呢。说是一个十八九岁，另一个年纪稍微大一点，有二十六七了。一开始他们说

---

1 丸髻：日本传统已婚女性的头型，盘在头顶的椭圆形扁平发髻。

年纪小的好，但看来最后还是选了那个年纪大一点的。他那个朋友离开时，打开钱包，大概是这样说的吧——'坏了，一个铜板也没带。'于是，咱家邻居就说："既然这样，那就吃个饭再走吧。'听口音好像是新潟人。"

这时，不爱说话的 R 也开口说道："现在想来，前天也发生了一件有趣的事。可能就是昨天的那个朋友，他们好像讨论自由结婚的事儿来着。"

"哦，怎么说的？"

"也没说什么。只是说男人三十岁以上，女人二十五岁以上，法律上允许随便结婚。"

"他是什么样的人啊？我没怎么注意看。"

"这个嘛，具体不清楚。梳着分头，戴着眼镜，穿着飞白花纹的单褂之类的衣服，不知道是做什么买卖的，但我见他晚上在家帮人粘袋子来着。一定是为了娶媳妇儿，才这么拼命挣钱的吧。好像有衣柜，还买了防鼠柜什么的。"

邻家的谈笑一直持续到十一点半左右。我们对邻家的议论也大概持续到那个时间。大家睡觉前去厕所的时候，又有了新的发现。原来我们想错了，那个梳着漂亮丸髻的女人并不是邻居家的新娘子，好像是朋友的老婆或者别的什么人过来帮忙的，如今已经回去了。房间里只剩下一个梳着岛田髻的姑娘，大约十七八岁——这也是 T 发现的。"穿着平常的丝光棉衣裳，系着纱布腰带，只有岛田髻倒是梳起来的。"我虽然没有看到人，但也只听到一个男人说话的声音。不知道具体内容是什么，只听到一句："只要好好干就行。"

睡觉前，我从二楼的窗子里伸出头去，但见月色皎洁，是一个静谧的十三日月夜[1]。也是这个原因，我感觉自己突然变成了一个好邻居，想要衷心祝福刚才说"只要好好干就行"的那对新婚夫妇。

　　到了第二天早晨——也就是昨天早晨，我怀着一点点好奇心，偷偷地往邻居家看了一眼。男人背对着这边的窗子，面朝更明亮的方向，坐在桌边——看到房间里还有桌子，我稍微有点意外。男人好像伏在桌子上写信。已经写好的信大概有五六封，放在他的身后。女人呢？我伸长脖子仔细看，发现她背向男人，蹲坐在榻榻米上。我觉得这是男人和女人进入新环境时自然而然表现出的一种害羞，同时又觉得这种安静中似乎隐藏了某种不安。我甚至担心他们之间出了什么事。吃完早饭，读完报纸，我朝院子的方向伸出脑袋，准备吐口唾沫，不经意间看到那扇小小的窗，有个女人站在那里，将胳膊撑在窗边，低着头，盯着我家院子里的泥泞。与前天晚上的月夜不同，这天意外地下起了雨，女人的样子显得有点太阴郁了。

　　但是，过了一会儿，我又一次听到从邻家传来浅浅的笑声。

　　他们今天说的话或许会比昨天更多一些吧。

　　现在也能听到笑声，有时还能听到锯东西的声音，但想必不是在开窗。也许是要关上吧，重新修一下破旧的拉门。这样挺好的。虽然我们也不打算再去偷窥，但毕竟天也转凉了啊。

　　"秋深思比邻，[2]他是干什么的人呐。"

1　指阴历每月的十三日。
2　秋深思比邻：日本江户时代著名诗人松尾芭蕉的名句。

194